KB059266

문학을 위한 변명

문학을 위한 변명

초판 1쇄 인쇄_ 2010년 9월 1일
초판 2쇄 발행_ 2010년 12월 1일

지은이_ 이병주

엮은이_ 김윤식·김종회

펴낸곳_ 바이북스
펴낸이_ 윤옥초

책임편집_ 도은숙
편집팀_ 이성현, 김주범, 김민경
책임디자인_ 이민영
디자인팀_ 방유선, 윤혜림, 남수정, 윤지은

ISBN_ 978-89-92467-42-1 03810

등록_ 2005. 07. 12 | 제 313-2005-000148호

서울시 마포구 서교동 395-166 서교빌딩 703호
편집 02) 333-0812 | 마케팅 02) 333-9077 | 팩스 02) 333-9960
이메일 postmaster@bybooks.co.kr
홈페이지 www.bybooks.co.kr

책값은 뒤표지에 있습니다.

바이북스는 책을 사랑하는 여러분 곁에 있습니다.
독자들이 반기는 벗 – 바이북스

이병주 에세이

문학을 위한 변명

김윤식·김종회 엮음

바이북스
ByBooks

일러두기

1. 연재 당시의 내용을 그대로 살리되, 편집상의 오류를 바로잡고 기본 맞춤법은 오늘에 맞게 수정했다.
2. 외래어는 국립국어원을 기준으로 표기하되, 인명·지명 등의 원어를 유추하기 어려운 경우 원문의 것을 그대로 실었다.

작가 이병주를 위한 변명

한국 현대문학에 80여 권의 소설 작품을 남긴 나림 이병주는, 그 체험의 강렬성이나 문체의 호활함으로 인하여 당대에 비교할 만한 문인이 없는 독특한 자기 세계를 이루었다. 그의 문학은 20세기 격동기의 한반도 역사를 관통하는 혜지慧智에 차 있고, 동시에 소소하지만 진정성이 넘치는 인간사의 감동을 예리하게 포착하는 기민성에 빛난다. 우리는 거기서 시대의 파고波高가 형상을 빚고 그로 인한 절박한 동통疼痛이 내용을 채운 문학의 형국을 목도한다.

그런데도 불구하고 이병주는 자신의 문학에 대한 정당한 평가를 추수하는 데 이르지 못했다. 여러 가지 이유가 있겠으나, 그 가운데 중요한 것 하나는 생전에 그의 작품 활동 범주와 발표의 방식이 한국 문단의 일반적인 범례와는 달랐다는 사실일 터이다. 하지만 흙 속에 묻혔어도 옥석玉石은 서로 다르다. 낭

중지추囊中之錐란 말처럼, 바늘이 주머니 속에 들어 있으면 밖으로 돌출해 나오기 마련이다. 이병주 문학을 새롭게 기리고 그의 작품을 다시 평가하려는 일련의 흐름은 곧 이에 대한 방증이 되기도 한다.

그동안 이병주의 소설에 대해서는 30권 선집이 출간되기도 하고 또 여러 논자들의 많은 논의가 있어온 것이 사실이다. 그런데 소수의 단행본으로 재출간된 사례가 있기는 하나, 에세이의 경우는 아직 그대로 옛 모습으로 묻혀 있는 형편이다. 문제는 그렇게 잠복해 있는 이병주의 에세이 가운데, 놀라 무릎을 칠 만한 명편들이 즐비하다는 데 있다. 이를 그대로 간과한다면, 이병주 문학을 재조명하는 일은 물론이거니와 한국 문학의 풍성한 텃밭 하나를 돌보지 않고 방기하는 직무 유기일 수 있다.

그와 같은 연유로, 그리고 그와 같은 심경으로 이 책 이병주 문학 에세이《문학을 위한 변명》을 새로이 편집하여 독자들 앞에 내어놓는다. 이 책에는 작가의 자전적 체험이 명료하게 담긴 에세이 9편, 문학에 대한 인식의 정곡을 펼쳐놓은 에세이 9편을 함께 싣는다. 이 18편의 글을 통해, 이 작가가 문학과 더불어 어떤 생애의 과정을 거쳐왔으며 문학에 대하여 어떤 생각을 절실하게 끌어안고 있었는가를 쉽사리 알 수 있을 것이다. 또한 이 글들은 인간의 삶과 문학, 사상과 문학이 어떤 상관성을 가졌는가에 대한 탁발한 해명의 기능도 함께 할 것이다.

기실 이병주의 에세이는 여기 고른 작품들 이외에도 그 분량과 수준에 있어 괄목할 만한 새 발굴의 대상이 너무도 많이 남아 있다. 그 주제에 있어서도 문학뿐만이 아니라 역사·사상·예술·여행·성애 등 광범위한 분포를 자랑한다. 얼마나 뜨거운 열정으로 얼마나 치열한 작가의식으로 이 글들을 작성했는가를 반추해보면, 그는 거의 초인超人에 가깝다. 여기에 더욱 주목할 바는, 그 한 작품 한 작품의 원단이 훌륭하기에 마름질이 좀 서툴러도 좋은 옷이 될 만큼, 엮은이의 역할이 수월하다는 점이다. 다시 말하자면, 이러한 발굴과 출간이 앞으로도 계속 이어질 것이라는 뜻이다.

이 책의 1부에 실린 자전적 에세이 9편은, 이병주의 드라마틱한 삶과 글 읽기 또는 글쓰기가 만나는 접점의 형용을 진솔하게 술회하고 있는 글들이다. 그 가식 없는 진술이 문학·역사·철학에 대한 폭넓은 교양을 바탕으로 하고 있는 까닭으로 글을 읽는 사람들에게 문학 또는 인생의 진진한 의미에 대한 개안開眼을 가능하게 한다. 어떤 유형의 의식으로 살아야 온전한 인간으로서의 위신을 잃지 않을 것이며, 글을 읽고 쓰는 행위의 실행이 거기에 어떤 양태의 연계를 갖는 것인가를 끊임없이 환기한다.

예컨대 〈지적 생활의 즐거움〉을 읽고 있자면, 작가의 지적 자아 발견이 읽는 이의 생명이나 운명의 문제로 증폭되는 데 별반 거부감이 느껴지지 않는다. 〈백장미와 2월 22일〉이나 〈이 각박한 세상을〉에는 작가의 개별적 독서 체험이 압축된 긴

장감으로 읽는 이의 사유에 육박한다. 〈도스토옙스키의 범죄 사실〉은 범상한 문학가가 확보할 수 있는 전문성을 훨씬 상회하고 있으며, 〈당신은 친구가 있는가〉에는 자신의 목숨을 구한 친구 권달현의 눈물겨운 우의를 진심과 정성을 다해 기술한다. 이를테면 이 모든 글의 문면에 인간과 문학의 심층, 그 깊은 바닥을 두드리는 자기 고백이 편만해 있는 것이다.

제2부에 실린 문학론 9편은, 이병주가 문학을 응대하는 시각을 사상성의 깊이 있는 차원에서 서술함으로써 창작에 중점을 둔 작가로서는 드물게 매우 논증적인 담론을 생산하는 글들이다. 사상과 이데올로기와 문학에 대해 광범위하고 활달한 식견을 피력하고 있으며, 그것이 이 작가의 문학에 관한 독창적인 관점의 확립에까지 나아가고 있다는 후감을 남긴다. 실용적 글쓰기의 면모가 부가된 〈유머론 서설〉, 《죄와 벌》에 관한 정치한 분석, 자기 작품 속의 여인상 해설 등 글 읽는 재미가 만만치 않은 터이며, 새삼 그가 동시대의 수많은 매니아 독자를 가졌던 작가임을 반추하게 된다.

〈사상과 이데올로기〉 및 〈이데올로기와 문학〉과 같은 글들은, 동서고금의 관련 논의를 포괄적으로 활용하면서 문학 원론으로서의 존재 값을 확인하게 한다. 특히 마르크스와 마르크스주의에 대한 정교하고 설득력 있는 비판을 수행하면서, 그 사상 및 이데올로기의 그늘 아래 신음해온 인간성이야말로 문학의 본질적 테마라는 주장에 도달한다. 〈문학이란 무엇인가〉에서는 문학적 인식을 두고 사랑, 심성의 질서, 진실의 탐구, 인간의 행복, 극적 성격, 기록과 묘사 등 다각적인 해석의 기제들을 제시한다.

이병주 문학을 아껴 읽는 독자로서 가장 흥미로운 글은 〈내 작품 속의 여인상〉이 아닐까 싶다. 〈소설·알렉산드리아〉의 사라 안젤, 〈마술사〉의 인레, 〈언제나 그 은하를〉의 하인회, 《관부연락선》의 서경애 등이 느닷없이 소설의 장막을 걷고 현실적 담화의 한가운데로 걸어 나온다. 그런데 그 한 사람 한 사람에게 작가의 심정에 울혈이 된 사연이 깃들어 있고 보면, 어느 사이 작가와 작품을 한 꿰미로 이해할 수 있는 감응력이 작동하는 정황이다. 작가는 그들 모두가 실재 이상의 인물이라고 적었다.

이 한 권의 에세이집으로는 우리가 작가 이병주가 가졌던 세계 인식의 많은 부분에 접근하기 어렵다. 그러나 소설의 허구적 얼개를 열어젖히고 작가의 육성이 고스란히 담긴 자전적 에세이와 문학론을 다시 읽으면서, 그가 진실로 삶과 문학, 인간과 문학의 관계와 그 진실성에 대해 밀도 높게 고뇌했던 그 연대기를 대략이나마 살펴볼 수 있다. 거듭 말하자면 앞으로 이병주 에세이 정선 출간은 계속될 것이며, 이 책이 소중한 무녀리의 자격을 갖고 독자들에게 사랑받게 되기를 기대해 마지않는다.

2010년 9월

엮은이

| 차례 |

2부 | 이병주 문학론

1부

자전적 에세이

지적 생활의 즐거움

지적 생활이란 말의 뜻

지적이 아닌 생활이란 것이 있을까. 사람은 스스로의 지혜에 따라 얼마만큼의 지식을 이용하며 살아가고 있다. 어느 때인가 정박아들의 생활을 관찰해본 적이 있는데 그들의 지능이 모자라는 그만큼 안간힘을 쓰고 그들의 지혜를 짜내려고 노력하는 모습이 역연했다. 정박아들도 나름대로 지적 생활을 하고 있었던 것이다.

그러나 우리가 특별히 지적 생활이란 명사를 들먹일 땐 그런 뜻의, 이른바 생리학적인 개념을 말하는 건 아니다. 지성적인 생활이란 말로 바꿔 부를 수 있는, 그런 개념으로 지적 생활이란 말을 쓰고 있는 것이 아닐까.

지적 생활! 아무튼 일률적으로 정의하긴 곤란한 말이다. 필립 해머턴의 저서에 《지적 생활》이란 것이 있는데 거긴 다음과 같은 문장이 빛나고 있다.

> 지적 생활이란 언제나 일종의 전쟁이며 훈련이다. 지적으로 생활하는 기술이란 것은 자기의 신변을 유리한 환경으로 정비하는 노력이라기보다 일상생활에 따라오는 모든 제약과 난점을 극복함으로써 지성을 풍부하게 하고 강인하게 하는 노력이다.
>
> 나이가 많아짐에 따라 지적인 사람들의 마음을 지배하는 감회는 남보다 행운이 덜했다는 사실을 안타깝게 여기는 것이 아니라, 좀 더 노력했더라면 활용할 수 있는 행운을 노력이 부족한 탓으로 놓쳐버렸다는 데 대한 후회이다.
>
> 현대에 있어서 낮은 계층에 있는 직공이라도 솔로몬이나 아리스토텔레스보다 체계적인 학문에 접근할 수가 있다. 그러나 솔로몬이나 아리스토텔레스가 보다 지적으로 살았다. 오늘날 우리는 누구이건 플라톤보다는 교양을 얻는 데 있어서 유리한 조건을 갖추고 있다. 그러나 플라톤이 더욱 지적으로 생각했다. 사람을 지적으로 만드는 것은 학식이 아니고 활달하게 아름답게 생각하는 데 기쁨을 느끼는 심덕心德이라고 할 수 있는 것이다.

이처럼 해머턴은 지적 생활을 명쾌하게 정의하진 않았지만 그것이 대강 어떤 것인가를 설명해주고 있다.

내 의견을 덧붙이면 한마디로 말해 인간다운 생활의 보람은 지적 생활에서만이 가능한 것이다.

독서를 통한 지적 생활의 발견

어려운 논의를 피하고 내 기분대로 구체적으로 말한다면 지적 생활이란 제일의적第一義的으로 책을 읽을 줄 알고, 책을 읽는 데서 깊은 의미와 기쁨을 느낄 수 있는 생활이 아닌가 한다.

물론 책을 읽지 않아도 지적인 사람이 있고, 많은 책을 읽고 많은 지식을 가지고 있는데도 지적이라고 할 수 없는 경우도 있다. 소련의 법률가이며 외교관인 비신스키는 드물게 보는 박식인博識人이었다고 한다. 그러나 그는 고대의 그리스인, 디오게네스보다 지적이라고 할 순 없다. 그 까닭은 비신스키는 보다 옳게, 보다 아름답게 생각하려는 심성을 결해 있었기 때문이다.

그러나 이렇게 따지고 들면 문제를 더욱 복잡하게 할 뿐이니 책을 읽는 것이 지적 생활의 근본이라고 일단 전제해두기로 한다. 사실 내가 지적 생활의 기쁨에 관해 무언가를 쓸 수 있다고 하면 그건 독서의 기쁨밖에 없는 것이다.

다음에 나의 지적 생활, 즉 독서의 기쁨을 적어본다.

중학교 4학년 때가 아니었던가 한다.

서점에 들어가 영어 책이 눈에 뜨이기에 그것을 집어 들었다.

펄 벅이 쓴《어머니The Mother》라는 책이었다. 첫 장을 읽어보니 수월하게 이해가 되었다. 그 책을 사가지고 집으로 돌아와선 밤을 새워 다 읽어버렸다. 몇 번인가 사전을 찾는 정도로 원서를 하룻밤 사이에 독파했다는 것은 한없는 기쁨이었다. 어둠 속에서 터널을 팠는데 어느 순간 그 터널이 관통되어 돌연 눈앞에 광활한 천지가 전개된 것 같은 느낌이었다.

지금 생각하면 우스운 일이다. 원래 펄 벅 여사의 문장은 쉬운 데다 그《어머니》란 책은 더욱 쉬운 영문으로 쓰인 책이니 4년 동안 영어 공부를 한 사람이면 누구이건 수월하게 읽을 수 있는 것이었지만 그때의 감격은 대단했다. 그 후 나는 닥치는 대로 영서英書를 구입해서 읽기 시작했다. 그러나 곧 난관에 부닥치고 말았다. 무엄하게도 칼라일의《의상철학衣裳哲學》에 도전을 했다가 참패를 당했다. 하지만 그게 또한 유익한 교훈이 되었다. 어떤 책이건 영어로 된 책을 읽을 수 있었다는 기쁨과 동시에 학문의 길은 갈수록 험하다는 것을 깨닫고, 그게 아무리 험하기로서니 드디어는 정복될 수 있으리란 자신을 가지게 된 것이다.

지와 무지 사이의 방황

그다음의 놀람을 곁들인 기쁨은 도스토옙스키의《죄와 벌》에 있었다. 이 책을 읽고 나니 세상이 달리 보이게 되었다. 전엔 주정꾼이 주정꾼으로밖엔 보이지 않았던 것이 주정꾼에게도 나름대로의 애환이 있다는 것을 알았고, 매춘부 가운데 소냐가 있다는 것을 발견했다. 라스콜리니코프의 산술적 논리가 좌절하는 것을 보자 나는 어느덧 라스콜리니코프의 공범이 되어 있었는데 공범으로서 그를 동정하고 그의 우유부단에 분격을 느끼기까지 하며 나는 비로소 인생의 대문제를 안 것 같은 환각에 사로잡히기도 했다.

문학에 대한 개안開眼이 인생에 대한 개안이 된 것이다.

아무튼 책을 읽을 때마다 새로운 발견이 있다는 것은 신선한 놀람이며 감격이 아닐 수 없었다.

나의 철학에 대한 심취는 엉뚱하게도 게오르크 지멜을 읽음으로써 비롯되었다. 지멜의 《생의 철학》에서 다음과 같은 뜻의 문장을 접하게 된 것이다.

> 인생이라는 것은 장기를 두는 행위와 비슷하다. 이렇게 두면 저렇게 될 것이란 대강의 짐작이 있어야만 장기라는 유희는 성립된다. 그러나 이렇게 두면 꼭 저렇게 된다고 짐작한 대로 되어서는 장기란 유희는 성립될 수가 없다. 인생이란 것은 이처럼 지와 무지 사이의 방황이다.

지금 생각하면 진부하다고도 할 수 있는 대목인데 (지멜의 철학이 진부하다는 뜻은 아니다) 소년의 감수성은 이런 대목에서도 불이 붙는다.

일단 불이 붙으면 끝 간 데를 모른다. 나는 이어 그의 《쇼펜하우어와 니체》를 읽게 되어 이윽고 니체를 만나게 되었다. 칸트도 헤겔도 지멜의 촉발을 받고 방황하는 여로에서 만난 인물들이다.

이렇게 방황하다가 보니 저절로 정리 작업이 필요하다는 것을 느꼈다. 여태껏 내가 심취한 사람들과 반대편에 서 있는 사람들의 책을 의식적으로 선택해서 읽게 되었다. 독서 범위는 경제학을 비롯하여 정치학, 사회학 등 사회과학의 방향으로 확대됐다. 사상의 원류를 캐기 위해 한때 그리스철학에 몰두하기도 했다.

쓰다가 보니 내가 대단한 공부를 한 것처럼 되어버렸는데 그렇지는 못하다. 대양에 물이 많아도 자기가 들고 있는 그릇의 양 이상의 물을 담을 순 없다. 결국 나는 천박한 딜레탕트 dilettante로서 끝날지 모른다.

학생 시절 어느 선생이 내게 충고했다.

"자네 그런 식으로 나가다간 딜레탕트가 되고 말걸세. 빨리 전문 분야를 정해 학위논문이라도 쓰도록 하게."

그 당시 나는 상당히 건방졌던 모양이다. 이렇게 답했다.

"읽고 싶은 게 너무나 많아서 한 가지만 하고 있을 시간이 없습니다."

"그러니까 그게 딜레탕트가 될 위험성을 내포하고 있다는 말이다."

"전 딜레탕트로서 족합니다."

이건 정직한 나의 고백이기도 했다.

당시의 나는 스피노자처럼 렌즈 닦이를 하고 살아도 좋으니 책만 읽을 수 있는 형편이면 족하다는 생각으로 있었던 것이다.

지금의 나는 이뤄놓은 게 아무것도 없고 남 앞에 내놓을 아무것도 가지고 있지 않지만 책을 읽는 버릇만은 야무지게 가꾸어놓았다고 자부한다. 그리고 나에게 행복의 가능이 있다면 책을 읽는 기쁨을 통해서일 것이라고 믿는다.

자유와도 바꿀 수 없는 독서 삼매경

벌써 20년 전의 일이 되었다. 나는 감옥살이를 한 적이 있었다. 감옥 생활엔 하루 두 번씩 약 10분가량 옥외운동을 하는 시간이 허용되어 있었다.

어느 날이었다.

나는 팔짱을 끼고 감옥 담벼락 밑을 왔다 갔다 하고 있으면서 담벼락 너머로 산을 보고 있었다. 그때 마침 그 산으로 서너 사람이 올라가고 있었다.

'아아, 저기에 자유가 산을 오르고 있구나.'

하는 한숨이 저절로 나왔다.

이어,

'저 자유가 부러우냐?'

하는 물음이 가슴속에 솟았다.

'부럽다.'

라는 답이 있었다.

'그럼 지금 저 자유가 비자유인 너와 맞바꾸라고 하면 바꿔줄 텐가?'

하는 물음이 잇따랐다.

'아니다.'

하고 내 가슴은 말했다.

내가 내 스스로 한 대답이었지만 나는 이 대답에 놀랐다. 자유에 대한 갈망으로 몸과 마음이 타고 있는 지경인데 이런 대답은 정말 뜻밖이었던 것이다. 나는 그 까닭을 살펴보는 마음으로 되었다.

'나는 비록 비자유일망정 지금 저 산을 오르고 있는 자유로운 사람이 가지고 있지 않은 무엇인가를 가지고 있다. 그 무언가가 저 사람들이 가지고 있는 것보다 훌륭한 것이라곤 말하지 않는다. 그러나 그것은 내게 대단히 소중한 것이다. 그런 까닭에 나는 저 자유와 나의 비자유를 바꿔줄 수가 없다.'

그 무엇이란 내 속에 자라고 있는 지적인 씨앗이다. 그 씨앗은 순전히 독서와 사색을 통해 얻어진 것이다. 남이 볼 땐 보잘것없는 것, 거의 무의미한 것인지 몰라도 그것이 나에겐 눈물

겹도록 아까운 것으로 느껴졌다. 구체적으로 말하면 내겐 읽을 책이 있고, 읽어야 할 책이 있다는 인식이었다.

'저 사람들도 책을 읽을 수 있고 책을 읽는 재미를 가지고 있을지 모르지 않는가. 그래도 바꿔주기 싫은가?'

하는 물음이 있었다.

'그렇다.'

라고 나는 힘주어 대답했다.

'네 형기는 10년, 이제 겨우 2년을 넘겼을 뿐이다. 순조롭더라도 넌 앞으로 8년간을 이곳에서 견디어야 한다. 잘못되면 넌 이곳에서 살아 나가지 못하게 될지도 모른다. 그런데도 바꾸고 싶은 생각이 없는가?'

'없다.'

그 이유로선,

'저 사람들도 책을 읽고, 더러는 책 읽는 데 재미를 느끼기도 하겠지만 아마 내가 읽는 방식으로 읽지 못할 것이다.'

하는 자부가 있었다.

이것은 또한 책을 읽을 수 없는 바깥세상이면 책을 읽을 수 있는 감옥 생활을 택하겠다는 심정의 표명이기도 했다.

선현들의 세미나

다행히 나는 지금 얼마든지 책을 읽을 수 있는 환경과 조건을 갖추고 있다. 그리고 내가 책을 읽는 매너엔 약간 별난 데가 있다.

나는 대강 독서를 다음 세 종류로 나누고 있다. 하나는 목적의식에 의한 계통적인 독서, 하나는 기분 내키는 대로 하는 독서, 다른 하나는 자동차 안에서 또는 다방 같은 데서 하는 독서.

계통적으로 하는 독서는 들먹일 필요가 없고, 자동차 안에서 읽는 책은 대강 국내외의 신간본이다.

기분적인 독서는 —.

어쩌다 술에 취해 집으로 돌아갈 때 생각한다.

'이제 돌아가면 사르트르를 만나봐야겠다. 카뮈와의 논쟁을 한 번 더 읽어보고 심판을 내려야지.'

또는,

'사로얀의 《인간 희극》을 읽고 내 마음을 보다 인간적으로 만들어야겠다.'

또는,

'옳지, 톨스토이의 《전쟁과 평화》 가운데 나폴레옹이 목욕하는 장면을 챙겨봐야겠다.'

또는,

'메를로퐁티의 테러리즘에 관한 에세이를 읽어야지.'

서재에 들어서면 전등이란 전등을 죄다 켜놓고 장군이 열병閱兵하듯 서가를 둘러본다.

그러면 반드시 어느 책이 말을 한다.

"너 요즘 날 괄시하는구나."

하고 입센이 말할 때도 있고,

"너 날 퇴색된 작가라고 생각하면 그게 잘못이야."

하고 발자크가 투덜댈 때도 있고,

"내가 쓴 책을 죄다 읽고 나서 나에 관해 무슨 말을 하든지 말든지 해야 할 것 아니냐."

라며 드골이 신경질을 부리는 경우도 있다.

그런 호소를 나는 생존자의 특권적 태도로써 검토를 하곤 거룩한 은총을 베푸는 것처럼 한 권의 책을 빼 들고 책상 앞으로 간다.

어떤 때는 사마천, 헤로도토스, 마키아벨리, 마르크스, 제퍼슨, 링컨 등을 한꺼번에 꺼내놓고 토론을 시킨다.

헌법개정의 논의가 한창 진행되고 있을 때 해본 일인데 퍽이나 흥미가 있었다. 그때 나는 속기록을 담당하고 있었는데 그것을 발췌해보면 —.

사마천: 진시황이 돌에 새겨놓은 칙문勅文을 헌법의 전문前文에 갖다놓는 게 좋을걸.

헤로도토스: 전쟁엔 이겨놓고 봐야 해. 북한을 정복할 수 있는 방법이 곧 헌법으로 되어야 한다…….

마키아벨리: 국민 하나하나가 요새가 되어야 해. 국민 하나하나를 요새화하는 법률이 곧 헌법이 아니겠

는가.

마르크스: 내가 쓴 공산당선언은 실패한 문장이다. 만국의 노동자 농민들에게 미안하기 짝이 없어. 내가 쓴 공산당선언의 반대가 되도록만 만들면 훌륭한 헌법이 될걸세.

제퍼슨: 미합중국의 헌법은 미합중국에서만 합당한 헌법이니 아예 그걸 본뜰 생각은 말아야 하느니…….

링 컨: 네 팔을 네가 휘두르는 것은 자유다. 그러나 그 손끝이 남의 코에 닿지 않도록 해야 하네. 헌법이란 건 그렇고 그런 것 아닌가. 미합중국의 헌법이 좋지 않아서 남북전쟁이 발생한 건 아닐세.

우울할 땐 니체를 읽는다.

그 음성이 낭랑할수록 더욱더욱 우울해지는 니체의 교설敎說. 결국 니체는 생의 찬가를 부르는 척하면서 인생의 파멸을 원했던 것이 아닌지. 그러니 부득이 나와 니체는 한바탕 토론을 벌인다. 그때마다 내가 승리하는 것은 내가 생존자로서의 특권을 가지고 있기 때문이다. 어느 때는 내가 니체를 크게 나무라주었다.

'당신은 사르트르를 모르고, 푸코도 모르고, 롤랑 바르트도 모르면서 무슨 큰소리냐. 질 들뢰즈 따위에 해부당하고도 꿈쩍도 못 하면서.'

생존자의 특권으로 이미 고전이 되어버린 사람들을 여지없이 질책할 수 있는 것도 독서의 기쁨이 아니겠는가.

한편 질책의 여지가 없어 같이 울기만 해야 하는 사람이 있다. 예컨대 안톤 체호프 같은 사람.

체호프의 인물들은 '50년, 100년 후가 되면 세상은 훨씬 살기 좋게 될 것이다'라는 꿈을 꾸고 있다. 그런데 그가 죽은 지 거의 1세기가 되려고 하지만 오늘의 소련은 어떠한가. 체호프가 만일 솔제니친의 《수용소군도》를 읽었더라면 어떻게 될까.

나는 언제이건 체호프에겐 다정하게 대한다. 원래 큰소리를 하지 않은 사람에겐 난폭하게 대할 수 없는 것이다. 이것도 하나의 지혜이다. 책을 읽고 있으면 이런 지혜도 얻게 된다.

말하자면 책을 읽는 기쁨이란 한량이 없다. 책을 읽을 줄만 알면 우리는 인류가 5,000년 동안 만들어놓은 유산 가운데의 최량最良의 부분을 차지할 수가 있다. 지적 생활의 기쁨이란 최량의 유산을 차지한 자의 기쁨이다.

만일 내 충고에 귀를 기울이는 대학생이 있다면 나는 다음과 같이 말하고 싶다.

"대학 시절에 할 일도 많겠지만 만사 제쳐놓고 책 읽는 버릇과 책 읽는 재미를 익혀두도록 하라. 그렇게만 되면 이 세상에 태어난 최저한도의 보람은 찾은 셈이 된다. 잘만 하면 최대한의 보람이 될지도 모른다. 책을 읽는 재미만 익혀두면 어떤 궁지에 빠지더라도 결정적으로 불행하게는 안 된다. 최악의 인간이 될 까닭도 없다. 동해로 고래 잡으러 갈 때도 허먼 멜빌의 《모비 딕》을 읽고 있으면 고래 잡는 흥미와 재미는 세 배, 아니 서른 배나 더 될지 모른다."

인간은 절대적인 모순율 속에 살고 있다. 즉 오늘 이 시간에 서울의 어느 집에 있으면, 같은 시각 프랑스의 파리에 있을 순 없다는 얘기다. 그런데 지적인 생활, 아니 독서라고 하는 행위를 통해서 그 절대적인 모순율을 넘어설 수가 있다. 발자크와 더불어 19세기의 파리를 산책할 수가 있고, 글뤽스만과 더불어 바스티유의 광장에서 서성거릴 수가 있고, 뮈세와 더불어 센 강의 관광선을 타고 랭보의 시를 읊을 수도 있는 것이다.

공간적으로 모순율을 극복할 수 있는 것만이 아니다. 2천 수백 년을 거슬러 올라 아테네의 거리에서 소크라테스를 만날 수가 있고, 호메로스와 더불어 트로이전쟁에 참가할 수도 있다.

인생이란 물리적·생리적으로 보면 유일회唯一回의 생명이며 하나의 선線으로서 표기될 수밖에 없다. 너는 결단코 어느 회사의 사원이면서 나폴레옹이 될 수는 없다. 그러나 책을 통하기만 하면 나폴레옹의 일생을 겪을 수도 있고, 근엄한 철인哲人의 일생을 추체험追體驗할 수가 있고, 비련의 주인공이 될 수도 있으며, 승리한 인간으로서 화려할 수도 있다. 말하자면 갖가지의 인생을 복수적으로 살 수가 있다는 얘기다.

좋은 직장을 얻는다는 것, 입신출세한다는 것, 물론 중요한 일이다. 그러나 모처럼 좋은 직장을 얻고, 입신출세를 해선 곤충처럼 산다면 말이 아니지 않는가. 직장인으로서 보다 충실하기 위해서도, 입신출세를 보다 빛나는 것으로 하기 위해서도 책을 읽는 흥미를 익힐 필요가 있는 것이다.

공간적으론 전 세계를 차지하고, 시간적으론 수천 년에 걸쳐서 살 수가 있다면 인생 50년 내지 100년도 그다지 허무한 것이 아니다.

나는 진정한 대학의 의미를 다음과 같이 생각한다. 만일 직장을 얻지 못할 때 그 때문에 1만 사람이 고민하고 비관해도 대학을 졸업한 사람은 늠름할 수 있도록 하는 그런 교육기관이라야 한다는 것이다. 막노동을 해도 늠름하고, 행상을 해도 늠름하여 기죽지 않는 당당한 인간이면 곧 지적인 인간이라고 할 수 있는데 그런 인간을 만들어내는 첩경이 책을 읽는 노력이다. 물론 책을 읽지 않아도 천성적으로 지혜롭게 되어 있는 사람이 없는 것은 아니다. 그러나 우리는 그런 천성을 기다리고 있을 순 없다.

지적인 생활이란 언제나 최고를 선택하는 생활이다. 사상의 최고, 행동의 최고, 취미의 최고. 불행의 시궁창 속에 빠져 있어도 인간의 위신을 지킬 줄 알고 보다 아름다운 것, 보다 착한 것을 지향할 줄 아는 생활을 뜻한다. 비록 철인이 될 수는 없어도 철학의 은총 속에 살고, 비록 예술가가 될 수는 없어도 예술의 향기 속에 살 수 있는 비리秘理가 지적 생활엔 있는 것이다.

그 핵심이 곧 책 읽기에 있다는 결론인데 다음에 조르다노 브루노의 말을 인용해둔다.

> 무슨 까닭으로 나는 노동, 고뇌, 추방된 신세를 한탄하지 않는가. 그 까닭은 노동을 통해 세상에 보탬이 되고, 유형流刑을 당하고 있는 동안에 많은 것을 배웠기 때문이다. 뿐만 아니라 짧은 노동 가운데 영원한 휴식을, 가벼운 슬픔 대신 커다란 기쁨을, 좁은 감옥에 광대한 조국을 발견한 것이니라.

조르다노 브루노는 코페르니쿠스의 세계상을 인정했다고 해서 이단으로 몰려 7년간의 감옥 생활 끝에 서기 1600년 화형을 받은 철학자이다. 7년간의 유예를 주었는데도 끝끝내 주장을 굽히지 않자 극형의 보복을 받은 것이다.

그러나 나는 이런 엄청난 인물을 모범으로 하라고 하진 않는다. 시간이 있으면, 아니 시간을 애써 만들어 책을 펴라. 그리고 읽으라고 권할 뿐이다.

백장미와 2월 22일

《밤과 안개》란 책과 더불어 내가 《백장미》한국에서는 2002년 시간과공간사에서 《아무도 미워하지 않는 자의 죽음》으로 출간되었다.-편집자란 책을 입수한 것은 지금으로부터 17, 8년 전이 아닐까 한다. 그때 나는 어느 지방 대학의 교수 노릇을 하고 있었다.

《밤과 안개》는 널리 알려진 책이다. 2차 대전 당시 독일 나치의 유태인 학살 사건을 폭로한 이 책은 출판되자마자 전 세계에 커다란 충격을 주었다.

나는 이 책을 통해서 나치의 정체라는 것에 눈떴고 파시즘이란 것이 어떠한 형태, 어떠한 의상을 둘렀건 인류의 적이며, 이 사상에 가까운 것이면 예외 없이 사악한 사상이란 단정을 신념으로 갖게 되었다. 이러한 마음의 바탕으로써 《백장미》를 읽었기 때문에 나의 감동은 더욱 컸던 것인지 모른다. 저자는 잉게 숄이란 부인. 책의 내용은 2차 대전 중 독일 뮌헨 대학에 있었던 반나치, 반전운동의 시말기始末記다.

반전운동의 지도자는 뮌헨 대학의 철학 교수였던 쿠르트 후버, 그 클럽에 잉게의 남동생 한스와 여동생 조피가 있었다. 이 형매兄妹는 1943년 2월 22일, 대역이란 죄목으로 형장의 이슬이 되었다. 내가 쓴 〈소설·알렉산드리아〉에 등장하는 한스는 이 《백장미》 가운데의 이름을 기념으로 남긴 것이다. 그리고 한스 형매의 얘기를 그냥 삽입할까도 했지만 고귀한 인생을 나의 구속에 왜곡하기가 죄스러워 스토리는 전혀 딴판으로 바꿔놓았지만 그들에 대한 나의 애착을 내 나름대로는 새겨놓았다.

숄 형매는 순수한 독일인이고 그 가계는 대대로 가톨릭을 신봉했고, 아버지는 네카어 강 부근, 잉겔스하임의 시장이었다. 네카어의 계곡은 쉘링, 헬더린을 낳은 아름다운 곳이다. 이곳에서 가족과 더불어 형매들은 평화롭게 자랐다.

반나치 운동을 시작한 것은 오빠인 한스였다. 누이동생 조피는 이런 동정을 알고 자진 참가했다. 잉게는 이 형매들의 반전운동 내용과 사형을 당한 죄상들을 기록하면서 다음과 같이 썼다.

> 이 사람들은 무슨 짓을 한 것이겠습니까? 이 사람들의 범죄는 어떠한 것이겠습니까? 어떤 사람들은 그들을 조소하고 시체에 매질하는 노릇까지 했고, 어떤 사람은 자유의 영웅이라

고도 했습니다. 그런데 과연 그들은 영웅이었겠습니까? 그들은 초인적인 일을 하려고 한 것이 아닙니다. 단순한 것을 지키려고 했을 뿐입니다. 즉 개인의 자유, 각자의 자유로운 개성의 발달과 자유로운 생활에의 권리를 주장했을 뿐입니다. 그들은 비상한 이념에 헌신한 것도 아니고 위대한 목표를 추구한 것도 아닙니다.

그들이 원한 것은 모두가, 내나 당신이 인간적인 세계에 살고 싶다는 것뿐이었습니다.

한스 형매와 그 클럽이 한 일이란 '백장미 통신'이라고 해서 그들 상호 간에 정보를 교환한 것과 몇 장의 '반전 삐라'를 붙인 일뿐이다. 육탄으로 철도를 뚫으려는 노릇이었다. 이 클럽을 지도한 후버 교수의 메모엔 "내가 목적으로 한 것은 학생층의 각성이다. 조직에 의하지 않고, 소박한 말을 통해서 정치 생활에 현존하는 중대한 장애물을 도의적으로 인식시키는 데 있었다"라는 구절이 있었다.

나는 이 책을 학생들에게 공개하면서 같은 시기, 나 자신은 일제의 강제를 물리치지 못하고 용병으로 끌려갔다는 자조적인 참회를 덧붙였다.

그리고 "이와 같은 행동을 권장할 수는 없다. 그러나 이와 같은 행동이 아름답고 고귀하다는 인식만은 갖도록 하자"라고 했다.

바덴뷔르템베르크 주의 대학에서는 2월 22일을 숄 형매 기념일로 하고 있다는 얘기다.

이 각박한 세상을

윌리엄 사로얀의 작품에 《인간 희극》이란 것이 있다. 꽃이 핀 들에 청결한 시내가 흐르고 아지랑이 서린 대기 속에 종달새가 흥겹게 노래 부르던 하얀 조각구름 사이로 새파란 하늘이 상냥한 미소를 띠고 내려 보고 있는 것 같은 아름답고 청결하고 훈훈하게 정이 넘쳐 있는 소설이다. 소설이라기보다 우화다.

그 가운데의 한 장면 ―.

어떤 청년이 이사카 시의 전화국에 들어와서 국장에게 권총을 겨누고 말했다.

"돈을 내라. 이곳에 있는 돈을 전부 내놔라. 그렇지 않으면 쏠 테다. 나는 사람을 죽이는 걸 겁내지도 않고 내가 죽는 것도 두렵지 않다. 돈을 내놔라."

스프랭거 국장은 서랍에서 돈을 꺼내 탁자 위에 놓고 말했다.

"내가 이걸 네게 주마. 네가 권총으로 나를 위협했기 때문이 아니고 네게 돈이 필요한 것 같아서 주는 거다. 이게 여기 있는 돈의 전부다. 이걸 가지고 기차를 타고 곧바로 네 고장으로 돌아가라. 나는 너를 도둑놈이라고 신고하지 않겠다."

그런데 청년은 그 돈에 손을 대지 않는다. 국장이 다시 말했다.

"이 돈을 가져라. 네게 돈이 필요한 모양이니까. 너는 범인도 아니고 병자도 아니다. 이건 내가 네게 주는 선물이다. 이걸 가진다고 해서 네가 도둑이 되는 건 아니다. 그리고 그 권총을 버려라."

청년은 권총을 호주머니에 집어넣으며 "나는 밖에 나가서 자살할 테다" 하고 중얼거렸다.

"바보짓을 마!" 하고 국장은 엉겁결에 탁자 위의 돈을 모아 쥐고 청년 앞에 내밀며 말했다.

"이 돈을 가지고 집으로 가라. 이건 네 돈이다. 그리고 그 권총은 내게 맡겨두는 게 어떨까? 나는 네 마음을 잘 안다. 나도 한때 너와 같은 생각을 한 적이 있었다. 모두들 그런 기분이 될 때가 있다. 이 합중국의 무덤과 감옥엔 운수 나쁘게 가난하게 태어난 선량한 미국 청년들로 가득 차 있다. 그들은 따지고 보면 범인도 아니고 죄인도 아니다. 자, 이 돈을 갖고 집으로 가거라."

청년은 주머니에서 권총을 꺼내 국장 앞에 밀어놓았다. 국장은 그것을 금고 안에 집어넣었다. 청년이 말했다.

"나는 당신이 어떤 사람인지 알 수가 없군요. 당신처럼 그렇게 사람을 대하는 일을 들은 적도 없구요. 난 권총도 필요 없고 돈도 필요 없습니다. 무전여행을 해서라도 똑바로 집으로 돌아갈 생각입니다."

"이리 와서 좀 앉게. 우리 얘기나 하세."

국장은 청년을 의자에 앉혔다. 그리고 고백과 충고와 회상이 섞인 얘기들이 계속된다.

현실적으로 이런 일이 가능할지 안 할지는 따질 필요가 없다. 그러니까 나는 이 작품을 소설이라고 하기보다 우화라고 하는 것이다. 요즘의 소설은 각박한 현실을 반영하는 탓인지 거개 각박하다. 사회의 병리적 현상에 관한 일상 보고가 아니면 현대의 모순에 의해 이지러진 인간의 정신분석적인 기록이 소설 분야의 대부분을 차지하고 있다. 현대에 있어서 소설의 기능은 아마 이런 영역을 두고는 성공적일 수 없다는 견해를 내 자신 가지고도 있다. 그러나 그럴수록 나는 사로얀의 문학세계가 오아시스처럼 반갑다.

현실이 무서워서 우화로 가고, 권위가 겁나서 우화로 도피하는 경우도 있지만 사로얀은 "나는 유명하게 되고 싶은 생각도, 퓰리처상을, 또는 노벨상을, 그리고 어떠한 성질의 상도 타고 싶은 마음을 갖고 있지 않다. 나는 샌프란시스코의 작은 방에 앉아 민중을 향해 편지를 쓴다. 간단한 말로써 그들 스스로 이미 알고 있는 얘기를 하고 싶다"라면서 날카로운 관찰과 깊은 감성으로 얻은 경험의 진실을 허구의 슬기로운 우화로 엮고 있는 것이다. '문학이란 좋은 것'이라고 영탄케 하는 그 무엇을 사로얀은 가지고 있다. 문학뿐만이 아니라 자기를 복되게 하려면 사로얀 같은 마음을 가져야 한다. 세상을 각박하다고 저주하는 사람에게 나는 사로얀을 권한다.

《역사를 위한 변명》

마르크 블로크의 이 책은 나의 손때로 까맣게 되어 있다. 정신이 허전할 때면 나는 가끔 이 책을 아무 곳이나 펴 본다. 그러면 가령 다음과 같은 구절에 부딪힌다.

> 그것은 1940년 6월이었다. 내 기억에 틀림이 없다면 독일인이 파리에 입성한 바로 그날이다. …… 풍광명미風光明媚한 노르망디에서 우리는 재난의 원인을 몇 번이고 되풀이해가며 마음속에서 물었다. 역사가 우리들을 속인 것이 아닐까 하고.

역사가 우리들을 속인 것이 아닐까 하는 탄식엔 실감이 있다. 6·25의 동란, 그리고 그와 유사한 참사 속에서 이처럼 형상화한 말을 가지진 못했지만 나도 이와 같은 느낌을 가진 적이 있었던 것이다.

그렇더라도 블로크의 이 책은 우울한 심정을 즉효적으로 위안할 수 있는 유의 책은 아니다. 저자 자신은 "아버지, 역사의 쓸모가 어디에 있죠?" 하는 소년의 소박한 질문에 현명한 답안을 쓰고자 한 것이라고 서문에서 말하고 있지만 역사가 가운데서도 정수라고 할 수 있는 학자가 쓴 정수적 사고의 기록이라서 역사에 대한 깊은 사색에 익숙해 있지 않는 사람에겐 무연할 정도로 고도의 지적 산물인 것이다. 그러니 여기서 나는 이 책의 해설을 지도할 생각은 없다. 이 책에 담긴 블로크의 염원을 내 나름대로 번역해보고 싶을 뿐이다.

인류는 비교적 정확한 지식으로서 2,000년의 역사를 가지고 있다. 간추린 문서를 통해서라도 어떤 국가의 소장消長, 어떤 민족의 성쇠를 가냘프나마 인과의 관계로 해석할 수 있게 되어 있다. 역사는 자연과 몽매를 극복하고 살아온 승리의 기록이기도 하지만 간단없이 어리석음을 되풀이한 과오의 기록이기도 하다.

어느 편의 비중이 더하건 역사는 절실한 교훈으로 가득 차 있는 보고다. 어떤 사관으로써 정리하더라도 인류가 어리석음을 되풀이해선 안 된다는 교훈으로 꽉 차 있는 사실만은 공통적으로 인정할 수 있다. 그럼에도 불구하고 인류는 역사에서 교훈을 배우려 하지 않았다.

그랬기에 유럽의 무대에서 불과 한 세대의 상거를 두고 두 차례나 세계대전이 발생했다.

이런 사정 속에서 "아버지, 역사의 쓸모가 어디에 있죠?" 하는 소년의 소박한 질문이 나타나지 않을 수 없고 그 질문이 뼈아프게 느껴지는 것이다.

이상과 같은 말을 블로크가 한 것이 아니지만 블로크의 의도는 그러나 역사를 소중히 해야 한다는 것을 밝히려는 데 있었다. 그래서 책의 이름이 《역사를 위한 변명》으로 되었다. 블로크가 1944년 6월 16일, 대독 레지스탕스를 했다는 죄목으로 스물일곱 명의 동지와 함께 독일군에 의해서 총살당했다. 리옹 북방 약 50킬로미터의 지점에 있는 생 디디에 드 포르망에서 프랑스가 자랑으로 하는 세계적 대학자가 이처럼 역사에 의해서 참살을 당했는데 역사에 의해 참살당한 그가 역사를 위한 변명을 쓴 것이다.

나는 우리의 민족이 역사에서 교훈을 배울 줄 모르는 점에 있어선 소위 문화 민족 가운데선 으뜸이 아닐까 하는 생각을 지워버릴 수가 없다. 한말의 민족 분열이 전 민족을 노예의 처지로 몰아넣었다는 사실을 어제 일처럼 기억하고 있었을 지도자들이 광복의 행운을 맞이하자마자 그 이상의 분열로써 혼란에 빠지고 통일의 의사를 작용시키지 못했다는 사실로도 증명할 수 있는 것이 아닌가. 그리고 그 뒤에 일어나는 사건들도 이를 예증하고 남음이 있다.

그 원인을 나는 슬기의 부족에 있다고 생각한다.

아무리 좋은 책도 독해력이 없으면 무용지물일 수밖에 없듯이 교훈에 가득 찬 역사도 무엇을 어떻게 어느 정도로 배워야 좋을지를 깨닫게 하는 슬기 없인 무용의 사건철이 되고 만다. 흔히들 우리의 역사를 슬프다고 하고, 그 연장선에서 우리의 비극을 설명하려고 한다. 그러나 내가 생각하기엔 역사가 슬픈 것이 아니라 오늘날의 우리의 자세가 슬프다. 이런 뜻에서 우리에게도 우리의 역사를 위한 변명이 있어야 하겠다.

법률과 알레르기

법률이란 단어를 듣기만 해도 두드러기가 난다고 하는 친구가 있었다. 그 친구처럼 솔직하지 못한 나는 차마 그런 말을 여태껏 입 밖에 내보지 못했지만 내게도 그와 비슷한 '알레르기' 증세가 있었다. 이런 증세가 언제부터 비롯하였는가에 관해선 비교적 정확한 기억을 가지고 있다.

나는 20세가 되던 해의 가을, 나와 동학년생이었던 일곱 명의 학우가 일본 교토의 지방재판소 법정에서 재판으로 받고 있는 상황을 방청하고 있었다. 학우들에 대한 검사의 기소장은 그 요지가 다음과 같았다고 기억한다.

첫째, 거국일치 국난을 극복하여야 할 시기에 학생의 신분으로서 국가에 반역하는 사상을 품고 있다는 것이며, 둘째, 그 사상을 전파하기 위해서 결사를 만들었으며, 셋째, 내선일체內鮮一體 정책을 베푼 황국을 업수이 여겨 불령不逞하게도 조선 독립운동을 획책했으며, 넷째, 이상의 목적을 추진하기 위하여 동료 학생을 유인·규합했다는 것이었다.

그리고 검사는 증거라고 해서 학교 구내에서 누가 누구를 만나 어떤 말을 했으며, 며칠 몇 시 모 다방에서 누구와 누가 모여 무슨 말을 했고, 누구의 하숙에서 몇 사람이 모여 모의했다는 등등 피고가 진술한 자백서를 읽고는 물적 증거로서 그들의 하숙에서 압수했다는 책과 그들의 회람잡지 몇 권을 들어 보였다.

조작적인 해석을 제외하고 보면 그들의 서클은 같은 한국을 고향으로 한 학생들끼리 모여 노는 자연스런 클럽에 불과했다. 서로 경험을 나누고 피차의 독서 감상 같은 것을 듣기 위해선 약간의 규제력이 있는 모임이어야 한다는 뜻에서 '근우회槿友會'라는 명칭을 붙였다.

압수된 책이라야 몇 해 전까지도 공공연하게 출판·판매된 책이었고, 회람잡지에도 별다른 내용이 없었다. 그것은 가장 문제가 된 부분이 C라는 학생이 쓴 시의 일절 "이국의 하늘 밑에서만 사랑을 느끼는 고향이란 허전한 고향인가"라는 하잘것없는 감상이었다는 점을 보아도 알 수 있다.

그들의 조서를 통하면, 그들은 어디서든 한국 사람만 만나면 조선 독립운동을 하라고 권유한 것처럼 되어 있는데 근 1년 동안 그들 사이에 섞여 지냈어도 나는 그들의 입에서 독립 운운하는 말을 들어본 적이 없고 항차 불온 사상 따위를 들어본

적이 없었다.

우리들은 당시 모이기만 하면 감명 깊은 책에 관해서 제 나름의 감상을 얘기했을 뿐이고 민족적인 것이 화제에 올랐다면 어쩌다 느낀 차별 대우 같은 데 대한 청년다운 울분을 토했을 뿐이다. 차별 대우에 대한 울분도 우리들은 그럴수록 우월한 역량, 우월한 인격을 갖추도록 노력해야 되겠다는 다짐으로 소화했던 것이다.

검사도 단아한 얼굴의 미남에 속하는 청년이었다. 나는 그 미모의 검사가 청년다운 호학好學의 서클을 불법 단체라고 규정하고, 청년다운 감상의 표현을 불온 사상으로 단정하며, 고문에서 얻은 자백을 증거로서 제공해선 온갖 확대해석을 채색하고, 치안유지법과 형법의 틀에 맞추어 어마어마한 죄를 구축해가는 광경을 보면서 등뼈가 경화를 일으키고 안면의 신경이 경련을 일으키는 것을 느꼈다. 그때의 그 증세가 지금도 법률이란 말을 들으면 조건반사적으로 발생한다. 단정한 미모와 상쾌한 변설에 대한 혐오도 동시에 시작되었다.

그때의 검사가 단정한 미모의 소유자가 아니었다면 나의 알레르기 반응도 그처럼 강하지 않았을 것이 아닌가 하는 생각도 든다. 법률이라고 하면 지금도 그 검사의 얼굴이 선명하게 떠오른다. 단정한 미모에 담긴 그 냉혹한 표정, 그 검사의 얼굴을 지우고 법률을 생각할 수 없다.

나와 법률과의 첫 대면은 이처럼 불행했다. 그것은 선인을 보호하고 악인을 제재하는 법률이 아니었다. 학문을 좋아하며 다분히 감상적인 양순한 청년들을 돌연 법정에 끌어내어 무자비하게 단죄하는 법률이었던 것이다.

일곱 명의 학우 중 세 명은 1~2년의 실형 선고를 받았고, 네 명은 집행유예 처분을 받았다. 집행유예 처분을 받은 한 사람은 나와 같이 도쿄에 있다가 미결감에서 얻은 병으로 요절하고 말았다. 그중 하나는 서울에 살면서 만나면 '두드러기' 얘기를 하고 지내는데 그 밖의 친구는 지금 생사조차 모른다.

해방이 되고 민족주의의 사회가 되고 우리의 독립을 맞이했음에도 법률은 아직 내게 있어서 그 초대면의 현상을 씻지 못했다. 권력의 시녀로서 의상을 벗어 보인 적이 없었고 거미줄처럼 그 묘한 조작을 그대로 지니고 있었으며 악법을 또한 법이라고 고집하는 그 태도를 고치려들지 않았다.

법의 궁극에 있는 것이 정치권력이며 권력 구조를 유지하는 것이 질서유지의 바탕이 되는 것이라는 전제를 승인한다면 법률이 권력의 시녀 노릇을 한다고 해서 비난하는 것은 법을 집행하는 사람들에게 태산을 지고 걷지 못한다고 책하는 것이나 다를 바가 없다. 그러나 시녀에겐 코케트리coquetry, 교태도 있어야 하되 개성미 또한 있어야 하는 법이다. 법률의 궁극엔 권력의 작용이 있다고 하더라도 법률은 자체의 역사를 지니고 있고 그 역사 속에서 얻은 지혜와 정신이 있다. 자체 역사 속에서 얻은 지혜와 정신을 굽히지 않고 발현하려는 노력이 있어야만 시녀로서의 위신도 서는 것이다.

예를 들면 일사부재리, 불소급의 원칙 같은 것은 인류의 노력이 수천 년 누적된 위에 쟁취할 수 있었던 성과를 우리나라의 법률가들은 예사로 무시한다.

헌법의 본문에 행위 시의 법률이 아니고서는 이를 벌할 수 없다는 규정을 삽입한 줄 안다. 그래 놓곤 부칙에 가서는 이것을 뒤집어버리는 조문을 단다. 이러한 부칙을 위정자는 필요로 했는지 모른다.

하지만 법률가는 그 본령으로 보아 이에 응할 수가 없지 않은가? 국민 총수의 10만분의 1도 안 되는 사람에게 꼭 벌을 주기 위해서 3,000만 국민의 체면과 유관한 헌법을 온전히 불구로 만든 데서야 말이 안 된다. 입법은 국회에서 한다는 변명은 말이 안 된다.

국가의 이익을 위해선 극도로 냉혹할 수가 있는 검사, 옳다고 믿으면 사형선고를 불사하는 검사, 사회정의를 위해선 아낄 것이 없다고 외치는 변호사, 진정한 법의 정신을 연구하는 법학도들이 그들의 생명으로 알고 있는 법의 존엄성을 위해서 그 힘을 결집하면 위정자의 실수를 사전에 방지할 수도 있는 것이다.

악법도 법인 한 타협도 법률의 위신을 위해서 치명적인 과오다.

악법도 그것이 악법이라고 진단되었을 땐 마땅히 폐기의 절

차가 늦어지면 법을 운용하는 사람의 작량酌量으로 폐기와 똑같은 동력을 나타낼 수도 있다.

폐기되지 않았다고 해서 광무신문지법光武新聞紙法이 등장하고 6·25의 사태에 대응하기 위해서 만든 법률이 그 사태와는 전연 다른 사태에 오용되면 국민들은 법률에 대한 위화감·괴리감을 느끼게 되며 드디어는 법률 불신의 풍조 속에서 정부의 의미가 국민의 가슴속에 어떻게 인각될 것인지는 권력의 시녀일수록 민감하게 파악해야 될 줄 안다.

또 하나 경계해야 할 사상에 일벌백계주의一罰百戒主義라는 것이 있다. 한 사람을 엄하게 처벌함으로써 앞으로 발생할지 모르는 범죄를 미연에 방지해야 한다는 뜻으로서 일견 타당한 것같이 보이지만 이것처럼 또한 위험한 사고방식은 없다. 이것은 전체를 위해 개인을 희생시켜도 무방하다는 사고방식과 통하는 것인데 우리는 전체가 개인, 개인의 집합으로서 이루어졌다는 사실에 주목할 필요가 있다. 우선 전체는 막연하고 개인은 구체적이기 때문이다.

막연한 전체를 위하여 구체적인 개인을 희생시킬 수는 없다. 또 개인을 무시한다는 건 전체 속에 있는 개인을 다음다음으로 무시할 수 있다는 전조가 되는 것이니 전체와 개인을 대비하는 사고방식은 인신공격적 미개인의 사고방식과 통하는 것이다. 그러니 죄와 벌을 다룰 땐 일벌백계주의니, 전체를 위한 경각이니 하는 생각을 버리고 공정한 판단을 하도록 해야만 된다. 그런데 유감스럽게도 이러한 과오를 우리 주변에서 너무나 흔하게 본다.

또 하나는 법률의 위신을 더럽히고 있는 사례는 법관들의 확대해석이다. 신형사소송법의 주요 안목은 철저한 증거주의를 채택하고 확대해석을 방지하는 데 있다. 그때 피고에게 불리한 증거가 양립했을 땐 유리한 증거를 채택하도록 하는 규정까지 있다는 것이다.

그런데도 몇 가지 재판 과정을 볼 때 특히 정치범과 사상범의 피고자인 경우 지나칠 정도로 확대해석이 횡행하고 있다는 인상이 짙다. 만약 확대해석을 허용한다면 극우 사상자를 극좌 사상가로 규정할 수도 있다.

케네디 대통령의 연설문을 적당하게 편집해서 이에 확대해석을 붙이면 거뜬한 용공 인물로 만들어낼 수 있다는 것이다. 아까 말한 일본의 검사는 "이국 하늘 밑에서 더욱 고향을 사랑하게 된다"라는 한 귀절의 시를 가지고 양순한 학생을 불온한 사상가로 부풀려 올린 기술자였다.

그런 기술이 검사의 본령이어서는 그 직업은 슬픈 직업이 아닐 수 없다. 검사가 영직이 되고 스스로 인간으로서의 자부와 긍지를 가지려면 확대해석의 유효를 조절할 줄 아는 이법理法을 가져야 한다.

똑같이 재판에 참여하면서 검사의 구형과 판사의 선고 사이에 엄청난 거리가 있는 사례를 왕왕 볼 수 있다. 이럴 땐 어느 편인가 잘못되어 있는 것이 아닐까. 판사의 선고를 믿고 부당하게 구형량을 부풀게 했다면 이는 말이 안 된다. 판사와 검사의 형량에 엄청난 차이가 있는 것도 법률 불신의 원인이 된다.

위신을 회복해야 한다.

법률에서 신뢰는 질서의 신뢰, 나아가 정부에의 신뢰와 통한다. 불신의 경우도 거꾸로 이와 마찬가지다. 법률에의 신뢰를 국민의 가슴속에 심기 위해서 법관들과 법학도들은 각별한 노력이 있어야 할 것 같다.

법률에서 신뢰를 말할 때 언제나 염두에 떠오르는 이름이 있다. 올리버 웬델 홈스 판사다. 하버드 대학 교수를 하다가 매사추세츠 주 최고재판소의 판사를 거쳐 미연방 최고재판소 판사도 지낸 그의 판결문은 법학도들의 모범 교재로 쓰이고 있는 모양이지만 특히 다음과 같은 판례는 법학도뿐만 아니라 민족적 고양을 위해서도 좋은 자양이 될 것이다.

1919년 황색조수금지법방첩법에 저촉된 피고들이 하급재판소에서 중급법원까지 유죄 판결을 받고 최고재판소까지 올라왔다. 이때 홈스는 "미합중국의 헌법이 규정한 자유는 국가와 정부에 반대하는 집회 결사의 자유까지를 보장해야만 그 원래의 정신을 살릴 수 있는 것이니 이 헌법과 상치된 황색조수금지법은 위법이며 따라서 그 법에 저촉한 피고 회원에게 무죄를 선고한다"라는 것이었고, 이어 에이브럼스 사건에는 "사상의 자유란 국가와 정부가 싫어하는 사상의 자유까지 보장해야만 한다"

라고 지적하고 하급심에서 유죄판결을 받은 에이브럼스 등에게 무죄를 선고했다.

이와 같은 판결이 있자 미국 일부에선 홈스 규탄의 맹렬한 불길이 올랐다. 그러나 그는 의연히 소신대로 행동했다. 미국에서 법률과 법관의 위신이 확립된 데는 홈스 판사의 공헌이 크다는 것이다.

수년 전 일본의 다테 아키오 판사가 한 판례도 참고가 될 것이다. 도쿄 대학의 학생과 경찰관 사이의 집단 난투 사건을 판결한 것인데, 그 요지는 다음과 같다.

> 법치국가에 있어서 가장 존귀한 권리는 경찰권이다. 경찰 없이 국가의 안녕 질서를 유지할 수 없기 때문이다.
>
> 문화국가에 있어서 가장 존귀한 권리는 대학의 자치권이다. 대학의 자치권을 완전하게 지키지 못했기 때문에 기왕 일본은 정론으로서 나라를 이끌지 못하고 드디어 패전국이란 불명예를 감수하게 되었다.
>
> 본건은 법치국가에 있어서 가장 존귀한 대학의 자치권과의 충돌 사건이다. 말하자면 이상 두 가지 가운데 어느 권리를 우위에 놓아야 하느냐에 따라 본건의 판결은 이루어진다. 재판관은 그러니 어느 한편을 두둔해야 하는 것이다. 본건은 대학의 자치권을 두둔하겠다.
>
> 그 이유는 경찰권은 이를 방치해도 비대해질 폐단이 있지 약

화될 걱정은 없는데 반해 대학의 자치권은 기왕의 사례에 비추어 볼 때 부절히 북돋아주지 않으면 감축될 우려가 있기 때문이다. 이상과 같은 이유로 관련 학생에게 무죄를 언도한다.

법률에의 신뢰란 결국 법관에의 신뢰란 뜻이다. 우리나라에서도 이상과 같은 훌륭한 법관이 많은 것으로 믿지만 주위 사정이 그 관망을 덮고 있는 모양이다. 하지만 훌륭한 법관이란 그러한 사정을 극복해나가는 능력까지를 겸하고 있는 법관을 말하는 것이다.

법률에 관해선 할 말이 많다. 그런데도 이와 같은 어설픈 얘기가 되고 말았다. 이 나라에서도 일반 독자를 위한 재판 비평 같은 것이 허용되고 전문적인 재판 비평가가 문예평론가의 수만큼 있어야 할 것이다. 법률가의 수중에만 맡겨둘 수 없지 않은가.

대학의 정신과 대학의 축제

"한때 나의 생활은 축제였다."

이것은 랭보의 시편에 있는 한 구절이지만 누구에게나 그 '한때'란 것은 있다. 대학 생활을 겪은 사람에게 있어선 그 '한때'가 대학 시절로 되는 것이 아닐까. 대부분 대학 생활은 축제로서 회상된다. 만일 그렇지 않을 경우라면 그의 대학 생활은 실패한 것이라고 보아야 옳다. 그러나 이건 현재의 대학생에게 있어선 먼 훗날의 얘기일 뿐이고 축제로서 회상되도록 대학 생활을 만들어나가야 한다는 것이 오늘의 일이다.

대학 생활! 그것은 축제이다.

분명히 축제라야만 한다.

그런데 잔칫상을 차려놓고 여러분을 기다리고만 있는 축제는 아니다. 여러분 스스로가 창조해야 할 축제이다. 대학 생활이란 곧 창조인 것이다.

생기 없는 눈을 뜨고 멍청히 입을 벌리고 대학의 문을 들어섰다고 해서 대학의 생활이 시작되는 것은 아니다. 다시 말해서 대학 생활은 스스로가 만들어야 하는 것이지 그 속에 섞이기만 하면 전개되는 연극이 아니다.

객관으로서의 대학은 건물과 교수와 얼만가의 도서와 얼만가의 실험 시설과 운동장으로 구성되어 있는 존재이다. 그 건물이 웅장할 수도 있다. 교수진은 칸트, 아인슈타인을 총망라한 것처럼 찬란한 진용일 수도 있다. 도서는 수백만 권일 수가 있고 실험 시설은 거시, 미시에 걸쳐 만물을 관찰할 수가 있으며 오묘한 생화학 실험을 비롯해서 우주 비행 실험을 가능케 할 만큼 정교할 수도 있다. 운동장은 올림픽대회를 감당할 정도일 수도 있을 것이다.

그러나 이편의 의욕과 노력이 없을 때는 이 모든 객관적 조건이 차창 밖을 스치는 풍경이나 다를 바가 없다. 일시 거기서 머물렀다가 훌쩍 떠나버려야 하는 정거장과 다를 바가 없다. 물론 훌륭한 조건에 따른 다소의 견문이 없을 수야 없겠지만 기껏 여행자의 견문 이상으로 될 건덕지가 없다.

그런데 의욕과 감위敢爲 있는 학생에게는 부족한 실험 설비가 우주의 비리로 통하는 입구가 되고, 빈약한 도서일지라도 그 한 권 한 권이 지혜의 원천으로서 작용하며, 이 삼류의 교수라도 그 반면교수의 의미까지를 곁들여 학문의 보고寶庫를 열어주는 길잡이가 될 수 있는 것으로서 초라한 건물이 바티칸을 무색하게 하는 진리의 가람으로 솟아오른다.

그래서 옥스퍼드 대학을 졸업한 머저리가 있기도 하고, 부두와 빈민굴, 도둑의 소굴, 매춘가를 '나의 대학'으로 한 막심 고리키 같은 인물이 나타나기도 하는 것이다.

초등학교, 중학교, 고등학교가 향수享受에 중점이 있는 배움터라면 대학은 스스로가 스스로를 가르치는 창조의 배움터일 수밖에 없다. 대학생이란 그 진정한 의미로서 자기가 자기를 교육시킬 수 있는 자질과 능력과 노력을 뜻한다. 대학의 자치란 요컨대 이러한 자질과 능력과 노력을 전제로 해야만 비로소 가능한 이념이며 요청이다. 그런 뜻에서 행사로서의 대학의 축제는 대학생의 자치 능력을 집중적으로 표현하는 대내적인 확인이며 대외적인 시위이다.

좀 더 구체적으로 생각해본다. 축제란 무엇이냐, 아니 무엇을 위한 축제인가?

첫째, 그것은 청춘을 위한 축제이다. 청춘은 그 의미만으로도 축복이다. 청춘 이상으로 고귀한 생의 국면이 다시 있을 수가 없다. 생명은 청춘을 향해 자라고 장년과 노년은 청춘의 여광으로서 그 보람을 가진다. 사람의 행불행은 청춘의 내용과 그것이 지속되는 시간으로서 가늠된다. 현란하게 활짝 꽃 피울 수 없는 나무가 충실한 열매를 맺을 까닭이 없다. 싱그러운 잎으로 치장해보지 못한 나무가 단풍으로 아름다울 까닭이 없다. 단풍 든 나뭇잎처럼 인생은 노년까지 아름다워야 하는데 만발해보지 못한 청춘에게 그 아름다움을 기대할 도리가 없다. 그러니 대학의 축제는 만발한 청춘을 위해서, 또한 청춘을 만발하게 하기 위해 있는 것이다.

축제는 또한 학문을 위해서 있다. 학문은 그 성과로서도 중요하거니와 그 탐구의 자세에 있어서도 중요하다. 학문 없이 문화가 가능할 까닭이 없고 문화 없이 인간의 위신이 가능할 까닭이 없다. 그러니 대학의 축제는 학문의 존귀함을 위한 축하, 나아가 스포츠의 분야까지 합친 천재들에 대한 찬가라야만 한다. 하늘에 찬란한 성좌들의 노령에 못지않은 지상의 그 찬란한 천재들에 대한 찬가를 높이 부를 수 있는 것은 대학생의 혜택이 아닌가. 권력이 이끄는 세속의 탁류엔 초연하게 천재의 광망을 과시하는 것이 대학생의 의무가 아닌가.

이와 같은 의미를 포함해서 대학의 축제는 결국 대학의 이념, 대학의 정신을 위한 축제라야 하며 대학의 이념, 대학의 정신에 대한 송가일 수밖에 없다. 그것은 동시에 대학인으로서의 긍지의 발견이기도 하다.

그렇다면 대학의 정신이란 무엇이냐. 대학의 정신은 헬레니즘의 정신이다. 역사적인 개념을 넘어선 상징적인 의미로 증결蒸潔할 때 헬레니즘은 위대한 생에 대한 적극적인 긍정이 된다. 이 경우에 있어서의 생이란 영과 육과의 혼연한 일체이다. 건강한 육체와 건강한 정신, 이를테면 육체에 예술을 발견하고 정신에 신비를 발견하는 힘찬 능동력이 곧 헬레니즘이라고 할 때 그것이 가진 건전한 스켑터시즘懷疑主義, 회의주의까지를 합쳐 대학의 정신은 마땅히 헬레니즘이라야 하는 것이다.

그러면서도 또한 대학의 정신은 헤브라이즘의 정신이기도 하다. 역시 역사적 개념을 넘어선 상징적 의미로 증류하면 헤브라이즘은 오직 구제의 길을 바랄 뿐인 생에 대한 결정적인 부정이다. 이에 있어서 생이란 영과 육의 일체가 아니고 영과 육의 갈등이다. 그 이상은 육체의 악에서 영을 구해내는 금욕과 정진에 있다. 대학의 정신은 마땅히 그 반성의 한쪽 극을 이러한 부정적 계기에 두기도 한다.

헤브라이즘을 전제하지 않은 헬레니즘은 이화작용이 없는 동화작용처럼 죽음에 이르는 기형화의 과정을 밟는다. 마찬가지로 헬레니즘을 전제로 하지 않는 헤브라이즘은 동화작용 없는 이화작용처럼 죽음으로 이르는 쇠락일 수밖에 없다. 유럽의 문화는 이러한 헬레니즘과 헤브라이즘의 일견 변증법적인 대립, 조화, 다시 분열, 다시 화합하는 과정을 통해 생성되어왔다고 볼 수도 있다.

오늘날 우리의 대학은 본질적으로 유럽 문화의 성과를 배우는 데만 목적이 있는 것이 아니라 그 생리를 우리의 생리로 해야 한다는 뜻에서 나는 대학의 정신이 헬레니즘의 정신이며, 동시에 헤브라이즘의 정신 또는 그 상호 비판적 화합이라야 한다고 말한다. 이러한 나의 생각에서 일종의 사대주의를 지적할지 모르나 학문의 응용엔 국경과 국적이 있겠지만 학문

자체엔 동양이고 서양이고가 없는 것이며, 학문은 언제나 선진에 대한 향일성을 가지고 있다는 것을 부인할 수 없는 일이 아닌가.

대학의 정신을 니체의 광영 있는 통찰로서 부연할 수도 있다. 대학의 정신은 '아폴론의 혜지慧知와 디오니소스적 도취의 조화'에 있는 것이라고, 그리스의 비극을 설명하기 위해 창안한 이 말은 기막히게 대학의 성격에도 들어맞는 말이다. 대학이 추구해야 할 것은 마땅히 아폴론의 청랑한 혜지겠지만 혜지는 혜지만으론 빈혈한다. 약동하는 생의 감동이 상반해 있어야만 혜지가 건전한 인간의 모습으로 활동할 수가 있다. 반대로 디오니소스적인 도취만 있고 아폴론의 혜지가 상반해 있지 않을 경우 학업을 깡그리 팽개쳐버리고 디스코에 미쳐 날뛰는 반인반수적 기현상이 생겨난다.

대학의 정신은 동양적 지성과 서양적 지성의 발전적·변증법적인 조화의 정신이라고도 할 수가 있다. 동양의 지성에 진취성이 없는 바는 아니나, 그 진취는 체관諦觀의 호수를 예상하고 나아가는 진취라는 점에서 지혜가 없지 않다. 이와는 달리 서양의 지성에 체관이 없는 바는 아니나 체관의 호수마저도 발전의 동력원으로 하려는 진취의 기백이 넘친다. 대학은 이와 같은 지성의 유념流念을 서툴게 절충하는 것이 아니라 각기의 특색이 상대편에서 영향을 얻어 보다 발랄하게 탐구의 길을 걷는 팽배한 생명의 흐름이어야 하는 것이다.

이럴 때 대학의 정신은 인류에의 봉사를 염원하는 불요不撓의 정신이란 것을 빼놓을 수가 없다. 대학은 봉사의 정신이다. 아인슈타인의 말을 빌린다.

> 보통의 의미로서 성공을 젊은 사람들에게 장려하는 일이 없도록 충분히 주의해야 한다. 왜 그러냐 하면 성공한 사람이란 동포들로부터 많은 것을 받은 사람, 즉 자기가 봉사한 것보다는 비교가 안 될 만큼 많은 것을 받은 사람을 말하는 것이다. 인간의 가치는 그가 받은 것보다 그가 인류 또는 사회에 준 것으로써 평가되어야 한다.

성공을 노리는 자가 아니라 사회에 봉사하는 자라야 한다는, 이것이야말로 대학 교육의 중심 개념이며 대학인의 자각이어야 한다. 그러지 않고서야 대학의 인류에 있어서의 존재 이유는 없다. 직업인 전문인으로서의 수련은 봉사의 사명으로서 이해되어야 할 뿐이다.

이상과 같은 뜻을 망라하고 종국에 있어서의 대학의 정신은 예술의 정신이다. 바꾸어 말해 이상화라고 해도 좋다. 인간의 모든 생활 영역은 예술에 있어서 완성한다. 완성의 과정이 곧 예술화의 과정이다. 정치의 예술화, 과학의 예술화로서 인간의 생활은 그 광휘를 더한다. 이를테면 모든 인지의 성과가 끝내는 인간의 행복에 기여하도록 조절되어야 한다는 뜻이다. 세

분화되고 전문화된 일부의 학적 노력이 궁극에 있어서 인류의 행복과 어떻게 유관한가를 묻고, 이 물음에 대한 답안을 진귀하게 추구하는 노력이 곧 이념으로서의 예술인 것이다. 미덕이 악덕의 수단이 될 수 없도록, 정이 부정의 수단일 수 없도록 인간이 인간 이외의 것의 도구가 될 수 없도록, 예컨대 나치스와 같은 사악한 세력에 횡령당하는 학문일 수 없도록, 반 치 한 치라도 인간의 행복을 증진시킬 수 있도록 하는 이성의 탐구가 곧 예술이며, 그런 뜻에서 대학의 정신은 예술의 정신이어야 한다는 것이다.

그런데 거듭 말하거니와 이러한 정신은 이미 표시되어 있는 것도 아니고 우물물처럼 마음대로 퍼낼 수 있도록 담겨 있는 것도 아니다. 대학생 스스로가 창조해나가야 하는 과정이며 성과다. 그래서 하는 말이다. 이와 같은 창조를 거듭할 수 있는 대학 생활이 축제가 아닐 수 없는 것이라고. 대학의 정신은 이렇게 어디에서 얻어 올 수 있는 것이 아니라 대학인 스스로가 체득하고 체현해야 하는 것이란 사실에 축제적 의미는 더욱 선명한 것이다.

아무튼 행사로서의 축제는 광활한 외연과 치밀한 내포를 갖고 그 자체 탄력성이 있는 대학의 정신을 좁은 공간과 짧은 시간 속에서 종합적·집중적으로 발현해 보이는 상징적인 행사로 된다. 바꾸어 상징적·창조적으로 할 수가 있다. 그리고 그 상징의 의미도 평소엔 전문 분과별로 나열되어 점착력이 없었던 학생들이 각기 학과의 특색을 지니고 오케스트라의 일원처럼 참여함으로써, 각기 학문의 길은 달라도 끝내는 인류에의 봉사, 인간 궁극의 행복에 귀일되는 대학 정신의 교향악적 효과를 나타내는 데 있다. 그런 까닭에 행사로서의 축제는 전 학생의 창발력이 총동원된 창조일 수밖에 없고, 그 창조의 공부에 성과 이상의 보람이 있기도 한 것이다.

그런데 중요한 것은 멋진 축제 행사를 꾸며낼 수 있는 그 창조적 공부가 대학의 일상생활을 축제화할 수 있는 공부에 직결되어야 한다는 데 있다.

권태와 게으름의 독소가 스며들기 쉬운 건 대학 생활도 예외가 아니다. 매너리즘에 따를 정세가 무기력을 낳고 그 무기력이 생활에서 생기를 앗아가는 병폐가 대학 생활을 오염하기도 한다. 무미건조한 강의, 따분한 분위기, 외부로부터 스며들어 오는 경박한 풍조, 내부에서 피어오르는, 민감한 자의식에 수반되기 쉬운 페시미즘 등으로 해서 대학 생활은 대학의 정신과는 절연한 채 회색의 일상으로 타락할 위험은 언제이건 있다.

그 위험에서 벗어나려는 공리적 계산이 행사로서의 축제엔 있는 것인데, 축제를 꾸며낸 창조적 공부가 일상적으로 작용해서 시간마다 날마다에 교수와의 상관관계, 학우와의 상관관계를 축제적 기분으로 활성화해야 하는 것이다. 그러기 위해선 항상 가슴속에 다음과 같은 설문이 살아 있어야 한다.

"아폴론의 혜지란? 디오니소스의 도취란?"

동시에 있어선 안 될 일은—.

행사로서의 축제가 문제인 것이 아니라 대학 생활 전반을 축제화하는 노력이 문제인 것이다.

도스토옙스키의 범죄 사실
–그의 100주기에 즈음하여

지금은 도스토옙스키에 관한 무수한 문헌을 입수할 수가 있다. 그에 관한 연구 논문으로서도 능히 중규모의 도서관 하나쯤을 이룰 수 있지 않을까 한다. 심지어는 그의 가계家系를 찾아 13세기의 에스파냐까지 거슬러 올라간 문서를 나는 본 적이 있다.

그러나 1945년까진 우리는 지극히 국한된 자료를 통해서만 그에게 접근할 수 있었을 뿐이다. 그 가운데서 일품이었던 것은 E. H. 카의 《도스토옙스키》한국에서는 1982년 홍성사에서 《도스토예프스키》로 발간되었다.–편집자이다. 지금 읽어도 명작임에 틀림이 없는 이 책이 발간된 것은 1932년. 도스토옙스키가 세상을 떠난 지 50년 후에 나타난 책이다. 그 책 가운데서 카는 다음과 같이 말하고 있다.

“아마 100주기를 맞을 무렵이면 그에 대한 평가가 정립될지 모른다."

그런데 이해, 즉 1981년 1월이 도스토옙스키의 100주기인 것이다.

도스토옙스키에 대한 평가가 지금 어떻게 되어 있을까? 이른바 평가의 정립이란 것이 가능한 일일까? 평균적이고 일률적인 결론이란 있을 수 없다고 생각하기 때문에 나는 이런 문제란 그다지 중요하지 않다고 생각한다. 다만 말할 수 있는 것은 도스토옙스키는 언제나 위대하다는 것이며 그 중요성은 상금尙今도 도합度合을 더해가고 있고, 앞으로도 그럴 것이란 사실이다. 도스토옙스키를 등한히 하고 문학을 운운할 수가 있겠지만 그를 제외한 문학 논의는 아인슈타인을 빼고도 물리학을 말할 수 있고, 베토벤을 염두에 두지 않고도 유행가 가수가 음악인 행세를 할 수 있다는 사정과 마찬가지일 뿐이다.

도스토옙스키가 발견하고 터전을 잡아놓은 인간의 광맥은 아직도 무진장의 매장량을 지니고 있다. 악마에서 신에 이르기까지의 인간의 진폭에 작용하는 정치의 문제, 그것에 있어서의 이데올로기의 의미, 역사로서의 인간과 자연으로서의 인간의 상관과 그 굴절 등은 아직도 신선한 대문제로 남아 있는데 우리가 진지하고 게으르지만 않으면 도스토옙스키로부터 한량없는 교훈을 얻어낼 수가 있다.

보다도 라스콜리니코프는 파리, 런던, 뉴욕, 도쿄, 서울, 다시 말해 이 지상의 어느 도시의 변두리에서 이 순간에도 스스로도 사념에 따른 산술에 몰두하고 있을 것이고, '대심문관'의 이반은 민감하고 젊은 지성이 있는 곳이면 바로 이 시간에도 그 존재 증명을 서둘고 있는 것이다. 아니, 우리의 가슴속에 소냐가 있고, 아르카지가 있고, 므이시킨이 있고, 샤토프가 있고, 키릴로프가 있어, 그들의 인간과 윤곽은 우리들의 동창회 명부에 있는, 그러니까 졸업 앨범에 그 사진이 찍혀 있는 어느 친구보다도 선명하며 실재적인 것이다.

그러나 이 모든 얘기는 길고 깊은 겨울밤을 위해 보류해두기로 하고 이 기회엔 도스토옙스키가 4년의 징역형과 4년의 강제 병역을 치러야 했던 그의 범죄행위를 더듬어보기로 한다. 그의 범죄 사실은 E. H. 카의 전기의 책, 또 다른 전기를 통해서도 대강 알려져 있지만, 최근 밝혀진 문헌에 의하면 그에겐 기소되지 않은 범죄의 부분이 있었는데, 만일 그것이 폭로되었을 경우엔 틀림없이 사형을 당했을 것이라고 한다. 우선 그의 범죄에 관한 공식 기록부터 적어본다.

1849년 12월 19일.

육군 검찰총장 결정.

도스토옙스키의 범죄 사실.

피역 공병 중위 도스토옙스키(저술가)는 페트라셉스키 댁의 집회에 참석하여 동 집회에서 있는 범죄적 의논에 참가하곤 그해 3월, 모스크바 거주의 상피고인 프시체예프로부터 러시아 황제 폐하 및 정교에 대해 불경 막심한 표현으로 가득 찬 벨린스키의 고골에게 보낸 범죄적 서간의 등본을 입수하여 이것을 낭독하고 이를 전사시킬 목적으로 상피고인 몸벨리에게 수교했다. 뿐만 아니라 그는 두로포 댁의 집회에서 이를 가정용 인쇄기로 찍어 유포하려는 모의에 가담했다.

이 밖에 도스토옙스키는 상피고인 스페시네프 댁에서의 주식회에 참석하여 육군 중위 그리고리예프 〈병사의 이야기〉란 제명의 선동적인 논문의 낭독을 들었다.

육군 검찰총장은 이상 열기한 각 피고인의 범죄에 대해 다음과 같이 결정한다. 이 모의 사건은 이에 관련된 자 사이에 가담의 심천深淺에 따라 그들의 죄상이 각각 다르지만 그들은 전부 《야전형사법전野戰刑事法典》에 의거 재판을 받은 것으로써 엄정한 국법에 비춰 볼 때 그들의 국사범 행위는 정범과 종범을 가릴 필요가 없다. 따라서 육군 검찰총장은 상기 형사법전에 의거 피고인 전원, 즉 7등 문관 페트라솁스키, 비근무 귀족 스페시네프, 육군 중위 몸벨리, 육군 중위 그리고리예프, 이등대위 리보프, 학생 필리포프, 아흐샤루모프, 학생 하니코프, 8등 문관 두로포, 퇴역 육군 중위 도스토옙스키…… 등을 총살형에 처해야 한다고 생각한다.

그러나 육군 검찰총장은 '야전군법'에 의거 피고인들의 형을 재량한 것이지만 피고인들의 대다수가 개전의 정을 나타내고 있다는 것과 예심에 있어서 그들의 솔직한 고백 없이는 알 수 없었던 사실까지 솔선 진술했다는 것, 범죄적인 모의에 가담했을 때 그들의 연령이 어렸다는 것, 그들이 기도한 범죄가 당국의 적절한 조처에 의해 미연에 방지되어 유해한 결과에 이르지 않았다는 것은 수형자들의 운명을 완화할 수 있는 조건이라고 생각하여 정상참작은 불가피하다고 판단하고 육군 검찰총장은 황제 폐하의 인노에 수형자들의 운명을 맡기오니 본관이 법률에 따라 그들에 대한 사형에 대체하여 다음과 같은 형을 과하도록 이에 삼가 탄원하는 바입니다.

기記

퇴역 육군 중위 도스토옙스키에겐 이상의 범죄적 계획에의 가담, 정교 및 황제 폐하에 대한 불경에 가득 찬 벨린스키의 편지를 유포하고, 가정용 인쇄기로 반정부 저작을 유포하려 했던 죄상에 비춰 그의 신분상 일체의 권리를 박탈하고 요새에서의 8년간의 징역을 과함.

니콜라이 1세 재가裁可.

기記

징역을 4년간으로 하고 그 후 병졸로서 근무시킨다.

결국 도스토옙스키는 이와 같이 하여 징역살이를 하게 된 것인데 진상을 말하면 그는 '페트라솁스키회' 이외에 별도로 비밀결사를 만들고 있었다. 그때 그가 수령으로 받들고 있었던 사람은 스페시네프이다. 스페시네프는 무정부주의자 바쿠닌의 동지라고 자처하는, 제네바에서 온 청년이었는데 문학 같은 것은 안중에도 없고 폭동과 황제의 암살을 목적으로 암약하고 있던 테러리스트였다. 도스토옙스키는 이에게 매료되어 스페시네프를 "나를 완전히 점령해버린 메피스토펠레스"라고 불렀다. 그는 또 자기가 속한 결사가 제네바, 파리, 런던에 본거를 두고 있는 국제적 비밀결사의 하부 세포라고 믿고 있었다.

일본의 평론가이며 도스토옙스키의 연구자인 고바야시 히데오는 다음과 같이 쓰고 있다.

> 그는 후년 《악령》을 써서 바쿠닌의 배하配下인, 모스크바 대학의 학생 네차예프가 조직한 혁명적 비밀결사의 활동을 취급했다. 그런데 이와 같은 종류의 지하 혁명운동을 시작한 것은 20년 전의 작자 자신이며, 그 가열할 정도의 혁명 심리 분석은 바로 작자 자신이 겪은 청년기의 체험에 바탕을 두고 있다는 사실은 지금껏 아무도 모르고 있었던 것이다. 부언하면 바쿠닌의 시베리아 유형은 이 잘 위장된 네차예프 사건과 진짜 네차예프 사건과의 중간에 생긴 일이다. 그 결사에서 도스토옙스키의 역할은 비밀 출판물의 배포였는데, 물론 그 당시 이와 같은 일은 사형을 각오하지 않고는 가능한 일이 아니었다. 그런데 그가 그 일을 실행에 옮기려는 직전, 페트라솁스

키 회원으로서 체포되었다. 그가 총살을 모면한 것은 니콜라이 1세의 기분에 의한 것이 아니다. 그가 동지들과 더불어 증거 인멸에 성공하여 진상이 폭로되지 않았기 때문이다.

그러니 징역 4년, 병역 4년은 그에게 있어선 불운이 아니고 행운이었다. 훗날 그는 《죽음의 집의 기록》을 씀으로써 황제 알렉산드르 2세의 눈물을 흘리게 했다. 위대한 찬사와 더불어 최고의 영예를 바쳤다. 역사라고 하는 것이, 운명이라고 하는 것이 전개한 드라마의 한 토막이다. 도스토옙스키 자신 그 인생과 작품을 합쳐 인류가 지니고 있는 최고의 드라마인 것이다.

당신은 친구가 있는가

나는 순탄한 환경 속에서 자랐다.

그런데 어떻게 된 일인지 역사의 고빗길마다에서 가혹하다 고밖에 말할 수 없는 고난을 겪었다.

대학을 졸업하자마자 일본의 학병으로 끌려간 사례로부터 시작해서, 6·25 동란 때에 괴뢰군에 체포된 일, 5·16 쿠데타 때엔 혁명재판에 걸린 일 등 숱한 곡절이 있었던 것이다.

지금 와서 생각하면 그 모두가 시련이었고, 그 시련으로 해서 오늘날 내가 이런 정도의 존재나마 유지할 수 있는 것인데 그 시련을 이겨나가는 데에 적잖은 우정을 필요로 했다. 보다 정확하게 말하면 친구들의 도움 없인 오늘의 내가 존재할 수 없다.

그런 까닭에 하나의 친구만을 들먹인다는 것은 수월한 일이 아니다. 이 친구를 생각하면 다른 친구 생각이 나고, 그 일을

적으려고 하면 또 다른 일이 회상되곤 하기 때문이다.

그러니 다음에 적는 것은 비교적 간단하게 얘기할 수 있는 경우를 고른 것이다.

6·25 당시 나는 진주농과대학의 교수였는데 진주 지구 학도호국단學徒護國團의 총무직을 맡고 있었다. 농과대학의 학장이 호국단 단장이었기 때문에 총무는 단장과 같은 직장에 있는 사람이 하게 되어 있는 관례에 따른 것이지 특별히 나에게 그럴 만한 자격이 있었던 것은 아니다.

고성에 피난해 있다가 하동 북천의 본적지에 계시는 부모님이 걱정이 돼서 고성을 떠나 진주로 향했다. 그때는 괴뢰군이 고성까지 들어와 있었기 때문에 고성이나 진주의 사정은 매양 한가지라서 고성에 있어야 될 필요가 없었기 때문이었다.

진주의 집에 들러 책이라도 몇 권 찾아가지고 갈 요량도 있었지만, 심한 폭격을 받았다는 소문이 있는 진주가 어떻게 되어 있을까 하는 관심 탓으로 진주에 들렀던 것인데, 바로 그 이튿날 정치보위부라는 데에 끌려가게 되었다.

정치보위부의 이른바 유치장은 진주 천주교 성당 부속 건물의 2층에 있었다. 그땐 1950년 8월 말경이어서 유엔군에 의한 폭격이 하루에 두세 차례는 꼭꼭 있었다. 폭격이 있으면 그 2층 건물은 지진을 만난 것처럼 심한 진동을 했다.

괴뢰군에 맞아 죽기에 앞서 언제 당할지 모르는 폭격이 무서웠다. 아침에 끌려간 채 취조도 없이 하루를 그곳에서 지내는데 괴뢰군에 대한 공포보다 폭력에 대한 공포에 질렸다. 그 때 나와 같이 그곳에 있었던 사람은 전기회사의 진주 지점장 정용환이란 사람이었는데 그는

"여기서 취조가 끝나면 형무소로 보낸다."

라고 하곤

"어서 그곳으로 갔으면 좋겠다."

라고 투덜댔다.

그도 역시 겁에 질려 있었던 것이다.

그러고 있는데 나에게 내려오라는 전갈이 있었다. 어떤 방으로 끌려갔다. 얼굴이 검은 중년의 사나이가 무슨 보고서 같은 것을 읽고 있더니 억센 평안도 사투리로 물었다.

"대학교수냐?"

"호국단 총무 부장이란 것이 사실인가?"

"학생 연맹 고문을 했다는 것이 사실인가?"

"반공기를 만들었다는 것이 사실인가?"

어느 사이 저런 조사를 다 했을까 싶을 정도로 소상한 질문이었다.

내가 일일이 수긍하자

"당신의 반동성은 용서할 여지가 없지만 진주 시당의 특별한 요청으로 석방하니 앞으로 민주 사업에 잘 협력하라."

라면서 누군가를 불렀다.

그때 불려 들어온 것이 권달현이었다. 권달현은 일제 때 탁

구 선수로서 활약한 사람으로 당시 농과대학과 농림고등학교의 탁구 코치로 있었다. 코치로 추천한 사람은 바로 나였다. 그는 특별히 좌익 운동에 가담한 사람은 아니었지만 운동선수로서 무색하게 지냈기 때문에 괴뢰군 치하에서도 용납되었던 모양이다.

정치보위부에서 풀려나자 그는 고맙다는 인사를 할 겨를도 주지 않고,

"빨리 가자. 이런 데서 우물쭈물할 형편이 아니다."

라면서 나를 집현면 어느 집으로 데리고 갔다.

뒤에 들은 얘기는 이렇다.

내가 붙들려 간 것을 권달현이 안 것은 점심때였다. 그 소식을 듣자 그는 부랴부랴 진주시 인민위원회로 뛰어가서 문화부장을 설득하기 시작했다. 지금 문화단체를 만들려고 해도 문화인이 없는데 이 모 같은 사람을 잡아 가두면 문화인을 얻기란 절망 상태라고 하고, 만일 이 모를 풀어주기만 하면 자기의 체육부장 취임을 승락하겠다고까지 했다.

사실 그 당시 문화인이라고 할 만한 사람은 전부 피신해버리고, 그들의 상부에서 문화단체를 만들라는 성화 같은 재촉이 있었는데도 어떻게 할 수 없는 곤경에 있었던 모양이다. 그 사정을 권달현은 교묘하게 이용했다.

그 후 20여 일 동안 나는 몇몇 친구들과 함께 집현면의 피신처에서 꼼짝 않고 있었던 것인데 나를 살리기 위해 진주시 인

민위원회에 간여하게 된 권달현은 지금 문학가 동맹을 만들고 있다, 미술가 동맹을 만들고 있다, 음악가 동맹, 연극 동맹을 만들고 있다는 식으로 사태를 얼버무렸다. 물론 서면으로만 만들어놓은 유령 단체이다. 만일 그때 감사라도 있었더라면 단번에 탄로가 날 일이었지만, 전세戰勢가 다급해서 그럴 겨를이 없었던 것이 우리들로선 다행이었다.

그러한 틈바구니에서 자기의 위험을 무릅쓰고 끝까지 친구를 감싸줄 수 있는 것일까. 나도 권달현의 용기와 우정을 잊지 못한다. 좌익 천하가 되었을 무렵 우정이 얼마나 메말랐던가 하는 얘기를 그 후 들을 적마다 나는 새삼스럽게 권달현에게 고마움을 느낀다. 그가 없었다면 아마 나는 어느 두멧골에 백골이 되어 있을 것이다. 그때 진주형무소에 수감되어 있던 사람들은 괴뢰군이 후퇴할 때 산청과 거창 사이의 어느 산골에서 모조리 사살되었던 것이다.

도봉정화 道峯情話

극히 개인적인 이야기. 뿐만 아니라 그 이상으로 확산될 수도 승화될 수도 없는 것은 하나마나한 얘기도 되는 것이지만, 내가 '도봉산기'를 쓰는 바엔 빠뜨릴 수 없는 비화가 있다.

지금은 없어졌지만, 포장도로가 끝나고 개울을 사이에 두고 등산로가 갈라지는 지점에서 망월사 방향의 길을 가다가 큰 바위가 나타나 있는 곳의 건너편에 세 동으로 된 아담한 한옥이 있었다. 일제강점기 때의 이야기다.

1943년 12월 중순, 나는 그 집을 찾아간 적이 있다. 그 집은 의정부의 갑부 양 씨의 별장이었는데, 당나라의 시인 왕유의 별장을 모방해서 만들었다는 유서가 있는 집이었다.

1943년 10월, 일본은 한국 출신의 전문학교 학생에게 이른바 학도지원병제도를 실시했다. 말이 지원병이지 강제징병이나 다를 바가 없었다. 물론 자진 지원한 사람도 없지 않았지만,

거의 대부분은 마지못해 지원을 했었다.

조선총독부의 공식 기록에 의하면, 강제 입대된 자는 적격자 7,200여 명 중 4,358명이다. 이야기는 달라지지만 당시 2,000만 인구 가운데서 전문 이상의 학교에 다닌 사람이 신입생, 재학생, 졸업생 전부 합쳐 7,200명밖에 안 되었다는 사실에 주목할 필요가 있다. 7,200명이면 오늘날 작은 지방대학 하나의 학생 수와 맞먹을 정도의 숫자이다. 4,358명은 12월 초 연성練成이란 명목으로 소집되어 경성제국대학 동숭동 교사에서 일주일 동안 훈련을 받게 되었다. 나는 그 4,358명에 끼여 있었다. 그런데 훈련이 끝나는 전날 나에게 면회하러 온 사람이 있었다. 전연 처음 만나는 중학생이었다. 그 학생은 편지 한 통을 전해놓고 가버렸다.

편지의 사연은 간단했다.

> 이 군을 보고 싶다. 목하 훈련 중이라고 들었는데, 훈련이 끝나거든 다음에 그려놓은 지도를 참고로 하여 찾아와주기 바란다. Y. H. K

나는 Y. H. K가 누굴까 하고 생각했지만, 기억해낼 수가 없었다. Y는 '유'일 수도 있고 '예'일 수도 있고 '양'일 수도 있는데, 유씨도 예씨도 양씨도 내 기억 속엔 없었던 것이다.

그러나 나는 그 간단한 사연에서 절박한 뜻을 읽었다. 찾아가보기로 했다. 지도에 의하면, 의정부로 가는 버스를 타고 창동에서 내려야만 했다.

창동에서부턴 들길이고 산길이었다. 지금은 포장된 도로가 나 있지만, 그 당시엔 비좁고 후미진 오솔길이었다. 하지만 지도가 잘 그려져 있기 때문에 수월하게 찾아갈 수가 있었다. 그곳이 바로 아까 말한 그 집이었다.

오전 11시쯤 되었을까. 소조한 겨울의 산골짜기에서 그 집만이 그곳에 있었다. 대문은 굳게 닫혀 있었다. 바깥에서 본 기분으론 사람이 살고 있는 것 같지가 않았다. 문패도 없었다. 대문을 쾅쾅 두드리며 주인을 찾았더니 대문 옆 샛문이 열렸다. 초로의 사나이가 고개를 내밀고 내 이름을 들먹이곤 그 당자이냐고 물었다. 그렇다고 하니까 들어오라고 하고, 앞장서서 나를 안내했다.

사랑채를 끼고 돌아 별채로 갔다. 방문이 탕 하고 열리더니 한복 바지저고리를 입은 사나이가 뛰어나와 축담까지 내려왔다. 양홍근이었다. 양홍근과 헤어진 지가 5년 전이었기 때문에 Y. H. K가 그라는 것을 짐작하지 못한 것이었다.

양홍근과 나는 교토에서 만났다. 그때 그는 교토 도지샤 대학의 예과에 다니고 있었다. 하숙이 가까웠던 관계로 외식外食식당에서 알게 되어 가끔 상종을 했다. 그러다가 나는 교토를 떠나게 되었다. 그리고 그 후 서로 연락이 없었다. 그의 고향이 경기도란 것만 알았을 뿐 주소를 챙기지도 않았던 것이다.

"아아, 당신이었군."

하고 나는 그를 얼싸안았다.

"내가 그곳에 있다는 걸 어떻게 알았나?"

"학도병 연성이 있다는 걸 신문을 보고 알았다. 그래서 총독부에 있는 친척에게 명부를 부탁했더니 가지고 왔더라. 그걸 보니 이 군의 이름이 있고, 소속 구대도 밝혀져 있더라. 그래 사람을 시켜 연락을 했지."

"양 군은 학병에 지원하지 않았나?"

"나는 만성 복막염에 걸려 있어. 신체검사에서 불합격이 되었지."

"이 집은?"

"우리 집 별장이다. 이 군이 만일 학병에 가고 싶지 않으면 여기 와서 나하고 같이 살자. 이 집엔 아무도 오지 않는다. 무슨 일이 있으면 산속으로 숨어버려도 되구."

그러나 그런 일이 가능할 까닭이 없었다.

나는 그 집에 이틀 동안 머물렀다. 양홍근을 그곳에 조용하게 살리기 위해 하인 일가가 솔권하여 살림을 하고 있었다.

양홍근의 아버지가 오면 쓰게 되어 있는 방을 구경했는데, 그 방에 왕유의 《망천집網川集》이 병풍이 되어 둘러 있었다. 왕유의 별장인 망천장網川莊을 모방하여 그 집을 만들었다고도 들었다.

"양 군의 아버진 풍아風雅를 좋아하는 어른이군?"

하고 물었다.

"아버지는 풍아인이 아니다. 집은 의정부에 있는데, 아버지는 서울 소가에서 명월관 기생하고 살고 있지. 이 집을 지은 건 할아버지다. 할아버지는 한학에 소양이 있었지. 특히 왕유를 좋아했던 모양이다."

"살아 계신가?"

"벌써 돌아가셨다."

이런 말 저런 말 하는 가운데 나는 양홍근이 심한 염세증厭世症에 걸려 있다는 것을 발견했다. 그는 쇼펜하우어를 들먹이고 키르케고르를 들먹이기도 하며

"이 세상은 살아볼 만한 가치가 없다."

라는 말을 했다.

일제의 압박을 받고 사는 지식 청년들은 대개 염세증에 걸려 있는 것이지만, 양홍근의 경우는 신병身病도 곁들여 그 증세가 특히 심했다.

"결혼하지 않았느냐?"

라고 물었더니

"청상과부를 만들 뿐인데 무엇 때문에 결혼하겠느냐."

라면서 조선의 학생이 일제의 학병으로 간다는 것은 그로테스크한 넌센스일 뿐이라고, 그곳에서 같이 살자는 간청을 되풀

이했다.

"길게 잡고 2년 동안만 숨어 있으면 무슨 판이 나고 말걸세."

라고도 했다.

나는 양 군 아버지 방에 있는 병풍에 쓰인 《망천집》을 노트에 베껴가지고 그 집을 떠났다. 그때 양 군은 전별금이라면서 돈 500원을 내게 쥐어주었다. 그때의 500원이면 지금 돈으로 약 1,000만 원에 해당되는 액수이다.

"이렇게 많은 돈을."

하고 내가 사양하자,

"나는 돈만 가지고 있지 쓸 데가 없다."

라며 양홍근은 이런 말을 했다.

"가능하면 금을 사가지고 몰래 간직하고 있거라. 만주나 중국으로 갔을 경우 혹시 탈출하는 데 도움이 될지 모를 일 아닌가."

양홍근이 돈을 많이 가지고 있었던 것은 부잣집 아들이란 탓만이 아니었다. 양홍근의 아버지가 서울 기생과 놀아나자 양홍근의 조부는 대부분의 재산을 손주인 양홍근에게 직접 물려주었다는 것을 창동의 버스 정류장에서 동행한 하인의 입을 통해서 들었다.

양홍근의 예언은 적중되었다. 양홍근은 한 2년쯤 기다려보면 무슨 판이 날 것이라고 했는데, 아니나 다를까 그로부터 1년

8개월 만에 일본은 항복하고 대한민국이란 이름으로 나라가 독립하게 된 것이다.

1946년 2월 중국에서 돌아온 나는 그해 3월 도봉산으로 양홍근을 찾아갔다. 그런데 그 집은 소유주가 바뀌어 있었다. 양홍근의 소식을 알 수도 없었다. 의정부에 가서 양 부잣집을 찾아가면 혹시 소식을 알 수 있을 것이란 말을 듣고 내친걸음에 나는 의정부까지 갔다. 그러나 의정부는 생각보다 넓은 곳이어서 양 부잣집을 찾지도 못하고 양홍근의 소식도 알아낼 수 없었다.

그랬던 것인데, 십수 년이 지난 뒤 도지샤 대학에 다닌 사람을 통해 우연히 양홍근의 소식을 알게 되었다.

양홍근은 해방을 알지 못하고 죽었다. 신병으로 인한 자연사가 아니고 자살이었다. 경성대학 부속병원에서 치료한 보람이 있어 양홍근의 병은 완치에 가까웠는데 결혼 문제가 생겼다.

양홍근은 자기의 살림을 살아주던 하인 집의 딸을 사랑하고 있었다. 그런 까닭에 그 딸과 결혼하겠다고 했다. 그러자 양홍근의 아버지는 노발대발하여 달리 혼처를 구하여 강제로 결혼식을 올리려고 했다. 그러나 양홍근은 아버지의 말을 듣지 않았다.

그런 시비가 일어나 집안이 어수선하게 된 어느 날 양홍근 아버지의 명령을 받은 하인이 강제로 그의 딸을 딴 곳으로 옮기려고 했는데, 그날 밤 그 처녀는 망월사 근처의 나뭇가지에 목을 매어 죽었다.

그 사건으로 양홍근은 실성한 사람처럼 되었다. 얼마 후 그도 그 처녀가 죽은 나뭇가지에 목을 매어 죽었다. 그는 유서를 남겼는데, 자기 소유 재산의 반을 자살한 처녀의 아버지인 하인에게 주고, 나머지는 소작인들에게 나눠주라는 내용이었다.

남의 자살을 왈가왈부할 일은 아니지만, 양홍근은 자기의 생명을 너무나 소홀히 한 것이 아닌가 싶어 애석하다.

양홍근의 별장은 자동차 길이 나는 동시에 요정으로 변했다. 2, 3차 그 요정에서 논 일이 있다. 그 사실을 나는 내 작품《행복어사전》에 수록하면서 '간통하기 알맞은 장소'라고 썼다가 어떤 사람으로부터 호된 야유를 받은 적이 있다.

나의 심정으론 염세자살한 철학 청년이 호젓하게 살던 집이 요정으로 변해 그런 장소가 되었다는 데 세월의 비정함을 깨닫는다는 뜻이었는데, 읽는 사람의 생각은 달랐던 모양이다.

국립공원으로 지정되는 바람에 그 집은 뜯기어 지금은 흔적도 없다. 그러니까 더욱 왕유의, 기왕 그 집의 병풍에 있던 시가 새삼스러운 감회로 상기되는지 모른다.

《망천집》 첫 구절은 다음과 같다.

新家孟城口 신가맹성구

古木余衰柳 고목여쇠류

來者復爲誰 내자부위수

空悲昔人有 공비석인유

이번 새롭게 맹성의 어귀에 집을 지었다.

그곳엔 늙어 힘없는 수양버들이 몇 그루 축 늘어져 있다.

내가 죽은 후 이곳을 소유할 자가 그 누구일까.

그 사람은 과거의 소유주인 나를 안타깝게 추억해줄까.

나는 이 시를 양홍근의 심정이 그대로 표현된 것처럼 느낀다. '맹성구'를 '도봉구'로 고치면 그냥 그대로 양홍근의 감회로 되는 것이다.

힘없는 고류古柳가 두세 그루 있는 광경도 꼭 그대로이다.

그러나 "내가 죽은 후 이곳을 소유할 자가 누구일까" 할 것도 없다. 집 자체가 없어져버린 것이다.

도봉산에 오를 때마다 나는 그 집터 쪽을 보며 왕유의 이 시를 마음속으로 읊어본다.

망월사 쪽으로 갈 때이면 이곳저곳의 바위와 근처의 나무들을 보며 어느 바위, 어느 근처의 나뭇가지에 양홍근이 목을 매달았을까 하고 살피는 마음으로 된다.

이렇게 보면 도봉산은 뜻밖에도 슬픈 곳이다. 내가 모르는 숱한 비화도 있을 것이 아닌가. 그러나 무심한 산행자가 그런 데까지 신경을 쓸 필요는 없을 것이다.

다음과 같은 시도 '화자강華子岡'이란 이름을 도봉산으로 바꾸면 그대로 도봉산이 된다. 바야흐로 지금은 겨울이 아닌가.

> 飛鳥去不窮 비조거불궁
> 連山復秋色 연산부추색
> 上下道峯山 상하도봉산
> 惆悵情何極 추창정하극
> 나는 새는 끝 간 데 모르도록 날아가고
> 연산은 다시 가을의 빛이다.
> 도봉산을 오르내리고 있으면
> 슬픈 시름이 한이 없구나.

그렇다. 나는 도봉산을 오르내리고 있으면 양홍근으로 인하여 한없는 시름에 젖는다.

언젠가 '도봉정화道峯情話'란 제목으로 양홍근과 그 하인의 딸과의 비련을 쓸 참이었는데, 이로써 내게 스스로 과한 숙제를 다한 것으로 하겠다.

2부

이병주 문학론

사상과 이데올로기

지혜와 통하는 사상

아마 사상이 없는 사람은 없을 것입니다. 말을 못해서 그렇지, 돼지도 그 나름의 사상을 갖고 있을 거고, 개나 소 또한 마찬가지일 것입니다.

인간이라 할 때 우리는 흔히 육체 플러스 정신이라고 말을 하는데, 정신의 자리에다 나는 오히려 사상을 넣어, 인간이란 육체 플러스 사상이라고 말하고 싶습니다.

그러므로 이왕이면 격이 높은 사상, 훌륭한 사상을 가지자는 게 공부하는 사람의 목적이고 사람이 살아가면서 지향해야 할 바라고 하겠습니다.

사상이 양적으로 풍부해지고 질적으로 심오해짐으로써 지혜가 됩니다.

나는 이 같은 지혜에 이르는 정신적 단계를 셋으로 구분하고 있습니다. 그 첫 번째의 단계는 지식입니다. 예컨대 인수분해의 지식, 외국어에 관한 지식, 물리학에 관한 지식 등 편편片片의 지식을 일컫습니다. 그리고 이 지식이 그 단편적인 성격을 극복하여 서로 연관됨으로써 전체를 포용하는 수준으로까지 승화될 때 — 이때 우리의 마음은 이의 영향을 받게 마련입니다. — 이것을 나는 제2단계로서 교양이라고 일컫습니다. 다시 말해 전체적인 연관 속에 편편의 잡다한 지식들이 조절되고 질서를 획득함으로써 교양의 수준으로까지 높아질 수 있다는 얘깁니다.

그러나 우리는 교양만으로는 만족할 수 없습니다. 마땅히 교양은 지혜로까지 고양되지 않으면 안 됩니다. 우리가 지혜를 가질 때 비로소 행복의 수단을 갖는 것이라고 봅니다. 지혜가 우리에게 갖는 의미란 우리가 아무리 어려운 역경에 처하더라도 인간의 존엄성을 잃음이 없이 스스로를 지탱해주는 힘이라고 나는 믿습니다. 또한 지혜만이 우리 주변에 있는 허다한 불행과 부정, 비탄과 낙담을 밝은 색깔로 바꿀 수 있는 역할을 기꺼이 해낸다고 나는 생각합니다. 이러한 지혜만이 나는 참다운 지혜, 제 몫을 다하는 지혜라고 봅니다.

그러면 그 지혜는 어디서 나오는 것일까요? 결국 그 바탕 되는 것은 사상입니다. 그러므로 내가 앞서 말한 정신적 작용의 3단계는 지식→교양→사상이라고 해도 무방할 것입니다.

우리가 사상이라고 할 때는 이렇게 지혜와 통하는 사상이 아니어서는 안 됩니다. 설익은 사상이 인간에게 끼치는 해독이란 측량할 길이 없을 정도로 엄청난 것입니다. 인간의 행복에 긍정적인 기여를 하지 못하는 사상, 인간의 이성을 흐리게 하는 사상, 인간을 왜소화하고 인간성을 파괴하는 사상 — 무릇 이러한 사상들은 참된 의미의 사상일 수가 없으며, 사상의 이름으로 횡행하는 사교邪敎와 다를 바가 없을 것입니다.

정치적인 의식 형태, 즉 이데올로기가 낳은 폐해의 극단적인 예를 우리는 소련을 위시한 공산국가에서 볼 수 있습니다.

우리가 학문을 해나가는 동안, 즉 사상을 획득해나가는 과정에서 불가피하게 우리는 정치적 신념이라 할 수 있는 이데올로기를 스스로 형성하든가 아니면 기왕의 것을 수용하든가 합니다. 이 과정에서 우리가 결코 망각해서는 안 될 것이 있습니다. 그것은 바로 우리 자신이 이데올로기의 주인이 되어야지, 그 노예가 되어서는 안 된다 사실입니다. 어디까지나 우리는 융통무애融通無碍한 인간으로서 이러한 이데올로기에 의한 의식의 경화硬化를 경계할 필요가 있는 것입니다.

가령 여기 마르크스주의라는 사상이 있다고 합시다. 물론 소련이나 중공, 또는 북한 같은 곳에서는 마르크스주의를 최고의 사상이라고 치겠지만, 이 세상에 생을 받아 풍요한 문화유산 속에서 살고 있는 우리로서는 그럴 수 없는 일입니다. 마르크스주의가 아무리 좋다고 하더라도 그것을 택함으로써 그 밖에 모든 것을 버릴 수는 없습니다. 우리 인류가 이루어놓은 사상의 대하大河에서 마르크스주의란 그중의 한 줄기 흐름 정도의 것입니다. 임마누엘 칸트가 한 말이 있고, 헤겔이 또 한 말이 있으며, 니체도 사르트르도 한 말이 있는 것입니다.

그러므로 우리는 인류의 유산을 골고루 수용하여 이를 사용하는 활달한 주인으로서 마르크스주의도 우리의 세계 속의 어느 곳에다 포용하여 세계를 이해하는 데 활용할 수 있다면 이로써 족한 일입니다.

만약 우리가 이러한 자세에서 일탈하여 마르크스주의가 최고다, 그 밖의 어떤 사상도 용납할 수 없다는 식으로 된다면 스스로 이데올로기의 노예로 전락케 되고 마는 것입니다. 이에서 비롯되는 손실과 폐단은 인류의 역사가 보여주고 있는 바 그대로입니다.

우리가 마르크스주의만을 좇을 때 우리는 그 많은 인류의 유산을 마르크스주의란 하나의 사상 때문에 모두 사상捨象해버려야 하는 게 우선 크나큰 손실이 아닐 수 없고, 또 원래 사상이란 게 그 자체만으로는 완벽할 수 없을뿐더러 우리의 생에 그대로 적용될 수 없음으로 해서 적잖은 무리와 마찰을 빚어내게 마련인 것입니다.

따라서 하나의 이데올로기에만 집착할 때, 그것이 잘못된 사상이란 판정이 내려지는 경우 그 인생은 그야말로 완전한 실패작이 되고 만다는 위험부담이 크다 하겠습니다. 그리고 마르크스주의란 게 그렇게 옳은 것이 아니라는 증명이 나와 있습니다. 이러한 예증들이 마르크스주의 신봉자들에게서 나오고 있다는 사실이 무척 흥미롭다고 하겠습니다. 즉, 1960년대의 소련과 실용주의 노선을 걷고 있는 요즘의 중공을 보면 이러한 사실이 실감으로 다가선다는 느낌입니다. 요컨대 마르크스주의는 20세기에서 일종의 낙제 판정을 받은 정치철학이자 경제 이론이라고 할 수 있습니다.

사상과 이데올로기

역사적으로 볼 때 무릇 어떤 사상이라도 정치적 이데올로기로 변할 때 그 타락은 불가피한 것입니다. 즉, 어떤 사상이 이데올로기화할 때는 그 사상 자체가 무게로 응결되어야 하는 것이지, 그것을 인위적으로 인생에 적용하려 한다면 반드시 사악한 사상으로 타락하고 마는 법입니다. 왜냐하면 우리 인생이란 것은 비교할 바 없이 다양하고 유연하며 정치精緻하여, 도저히 분할할 수도 획일화할 수도 없는 것이기 때문입니다. 따라서 어떠한 사상이든 우리 인생에 적용하려 하면 그것은 예외 없이 모자라거나 넘치는 것이 되게 마련입니다.

우리는 벗을 보면 반가워하고 꽃을 보면 아름다움을 느낍니다. 이러한 우리의 섬세하고 단절되지 않는 흐름을 가진 생에다 이미 경화된 이데올로기를 들이댈 때 거기서 무리가 생기는 것입니다. 심지어 이런 일이 있습니다. 언젠가 톨스토이가

에이브러햄 링컨을 두고 '위대한 개인주의자'라 일컬었습니다. 그러나 누군가 이에 대해 평했습니다.

"톨스토이는 링컨을 이데올로기스트로 만듦으로써 그를 왜소화했다."

그러니까 톨스토이는 링컨을 개인주의자라고 못 박음으로써 접두사가 '위대한'이건 '거대한'이건 간에 결과적으로 링컨이란 인간의 크기를 축소 내지 왜소화했다는 얘깁니다.

이데올로기가 어느 단계에까지는 유익한 것이지만, 그 단계 이상으로 넘어서면 반드시 해독으로 나타납니다.

가령 《논어》에 담긴 공자의 사상을 예로 들어봐도 그렇습니다. 《논어》 등의 경서에 나타나 있는 공자의 사상을 무리하게 요약하자면 '인의예지仁義禮智 문행충신文行忠信'이 되겠는데, 이러한 공자의 사상마저도 이조李朝 사회에서 정치적인 이데올로기로 화할 때 그 심각한 해독상害毒相은 우리가 익히 아는 바입니다. 이조 정치사를 훑어볼 때 소아병적인 현상과 편집광적인 사건의 나열은 이미 공자의 사상이 우리에게 있어 유익한 정도를 넘어서 해독으로 작용한 증표를 적나라하게 보여주는 바라 하겠습니다.

어떤 사상이라도 인간에게 만병통치적인 효력을 갖지 못한다는 지적은 공자 스스로가 다짐해두고 있습니다. 우리는 그러한 지적을 다음의 예화 속에서 읽을 수 있습니다.

어느 날 공자는 제자들을 모아놓고 물었습니다.

"너희들은 어떤 일을 하면 기분이 가장 좋더냐?"

그때 모인 제자 가운데 자로, 공서화, 염유 등은 각각 정권을 잡아 마음대로 정치를 했으면 좋겠다고 했습니다. 그런데 증석은 이렇게 말했습니다.

"봄옷을 입고 관자冠者 4, 5인과 동자 5, 6인을 데리고 기수沂水에 가서 멱 감고, 무우舞雩에서 바람 쏘이고 노래 부르고 돌아왔으면 합니다."

라고 하자 이에 공자는

"과연 네 말에 나도 동감이다."

라고 했습니다.

'인의예지' '문행충신'만을 최고의 가치라는 입장이었다면 이 같은 노래 읊조리며 돌아온다는 얘기는 마땅히 빠져버려야 할 것입니다.

더욱이 공자는 자공이란 제자로부터

"종평생終平生 행할 수 있는 준칙을 한마디로 표현하자면 어떤 말이 있겠습니까?"

라는 질문을 받자, '인의예지'나 '문행충신'이란 말은 입 밖에도 내지 않고 "기서호其恕乎"라고 말했습니다. 우리말로 옮기면 '용서하라'는 뜻입니다. 나는 이 말을 듣고 놀랐습니다. 그러고는 내 나름대로 다음과 같은 결론에 도달했습니다. 이같이 일체의 가치에 관용을 우선시킨 공자야말로 존재의 유한성을 누구보다 깊이 자각하고 있었고, 그 자각이 현실에 대한 사랑과 겸허의 심정으로 나타난 것입니다. 엄격하다는 것이 덕이 되기 위해서는, 과정은 엄격히 하되 결과에 있어선 관대하게 처리한다는 전제가 있어야만 합니다. 다시 말하면 교육은 엄격하게 하되 마지막 재량은 관대해야 하는 것입니다. 이것은 어떤 인생관, 특수한 윤리관의 요청 정도가 아닙니다.

인생의 실상이 피차의 관용을 요구하고 있는 것입니다. 관용이 없다면 이 사회는 인정人情의 체계로선 붕괴합니다. 인정의 체계가 붕괴되어버린 사회에 남는 것이란 물物의 체계, 권위의 체계뿐입니다. 일체의 법체계, 법질서도 궁극에 있어 인정의 체계를 질서화하는 데 무력할 때 그것은 아무 쓸모가 없는 것이 되고 말 것입니다. 그렇게 된다면 법체계는 유물론자의 말 그대로 계급의 이익에 봉사하는, 질서를 가장한 폭력의 발현, 그 행사에 불과할 따름입니다.

이렇게 볼 때 공자 역시 관용을 최대의 덕으로 생각했다는 것은 자명한 사실입니다. 만일 공자가 경화된 이데올로기스트였다면 그에게 있어 이 관용의 덕목은 폐기해야 마땅할 것입니다. 공자의 사상을 이데올로기화한다 해도 관용은 금물에 속하는 사항이 안 될 수가 없습니다. 그 이데올로기가 만병통치약식으로 옳다면 거기서 벗어난 행위를 용납할 도리가 없기 때문입니다. 그럴 즈음이면 사랑이란 앙상한 형해形骸만으로 남을 뿐이며, 오로지 덕목과 원칙이 있을 뿐, 용서란 있을 수가 없습니다.

이 경우 '공자의 사상이 이데올로기화했기 때문에 타락했다'고 우리는 말할 수 있는 겁니다.

이러한 사정은 기독교나 마르크시즘에 있어서도 마찬가지입니다.

"네 이웃을 사랑하기를 네 몸과 같이 하라"라든가 "죄 없는 자가 먼저 이 여자를 쳐라"라는 정도의 폭을 가진 종교가 그 진수 그대로 이어져왔다면 모두 생명의 원천이 되고 구원의 복음으로 보람을 다했을 것인데, 이것이 이데올로기화했기 때문에 중세의 그 피비린내 나는 종교재판을 연출했던 것입니다. "여호와를 두려워하는 것이 지혜의 근본이니라"라는 말이 이데올로기화함으로써 여호와를 거역하는 자에 대한 가혹한 응징을 초래했고, 바리새인의 율법주의에 못지않는 독선적이고 이기적이며, 그래서 잔혹하고 비인간·비종교적인 작태를 횡행케 한 것입니다. 이렇게 되면 "죄 없는 자가 먼저 이 여자를 쳐라"라는 말은 무색하게 되는 거고, "네 이웃을 네 몸같이 사랑하라"라든가 "한쪽 뺨을 때리거든 다른 쪽 뺨도 돌려주라"라는 사랑의 당부는 빠져야 되는 것입니다. '사랑하라'는 말에는 주의 주장이 없는 데 비해 이데올로기는 항용 강력한 주장을 갖게 마련이기 때문입니다.

그러므로 중세의 기독교는 결코 종교인이라고 할 수 없는 이데올로기스트들에 의해 이데올로기화함으로써 유린되고 변용된 나머지 증오의 종교로 화했었다고 보는 겁니다.

마르크시즘의 예

무릇 어떤 사상이라도 이데올로기화함으로써 타락 안 될 것이 없습니다. 기독교가 그러했을진대 하물며 인간의 두뇌에서 나온 마르크시즘이야 더 말할 나위도 없는 겁니다.

마르크시즘의 이상은 '능력대로 일하고 필요에 따라 받는다'는 사회를 건설하는 데 있습니다. 이를 실현하기 위해 프롤레타리아트는 부르주아 계급을 타도해야 한다, 역사는 투쟁의 역사로 해석해야 한다, 만국의 노동자는 단결하여 부르주아를 쳐야 한다, 돼먹지 않은 정권은 두드려 없애버려야 한다는 식으로 마르크시즘이 이데올로기화함으로써 부르주아를 타도하는 동시에 인간성마저도 맷값으로 타도해버린 결과를 가져왔던 것입니다. 혁명으로 어떤 전제 정권을 타도한다는 것은 그 폭군과 더불어 그 밖의 많은 아름다운 것을 타도하는 셈이 됩니다.

헤겔의 말에 "현실적인 것은 합리적인 것이다"라는 것이 있습니다. 러시아의 차르 정권이 타도됨으로써 그 정권의 나쁜 부분과 함께 오랫동안 형성되어왔던 좋은 전통, 거기에 묻어 있던 아름다운 것들까지 모조리 파멸해버렸던 것입니다. 그 결과 인간성은 파괴되었고, 목적의 수단을 신성화한다는 구실 아래 온갖 비인간적인 수법이 자행되었으며, 만인이 만인을 감시하고, 그 정점에 또 다른 독재자가 군림한다는 꼴의 공산국가가 탄생하게 되었습니다. 프랑스의 어느 통계학자의 말에 의하면 마르크스의 이름 때문에 1억 5,000만의 인명이 희생되었다고 합니다. 이는 한 사상이 이데올로기화함으로써 인류에 끼친 해독을 가장 극적으로 나타내주고 있는 예증이라 하겠습니다.

오늘날 소련이 그리고 중공이 얼마나 발달된 과학 문명을 갖고 있는지는 몰라도, 그것을 정돈하기 위해서 수천만 명이 비참한 죽음을 당했으며, 수천만 명이 강제수용소에 처넣어졌다는 사실을 우리는 결코 잊어서는 안 될 것입니다. 이는 그냥 허투루 하는 말이 아니라 알렉산드르 솔제니친의 《수용소군도》에 적나라하게 폭로된 그대로입니다.

그러므로 내가 강조하고 싶은 점은 사상은 갖되, 스스로 그 사상에 얽매이지 않는 융통무애한 인간임을 잊지 말고 행동하자는 당부입니다. 어떤 이데올로기도 있을 수 있다고 인정합시다. 그러나 그 이데올로기로 세계를 이해하는 데 도움이 되는 한 그것을 사용할 일이지, 그렇지 않을 때는 너와 나 모두가 섬세하고 유연한 인간으로 인식해야 할 것입니다. 어떤 사상이라도 내용이 그렇게 되어 있어야지, 딱딱하게 굳어져 있어서는 인생에 있어 소탐대실의 우를 피할 수 없을 거라고 생각합니다.

일례로 유심론과 유물론이 있다고 할 때 나는 유심론자다, 나는 유물론자다라고 말하는 자체가 퍽 가당찮은 노릇이라고 보는 겁니다. 물론 철학은 일원론적인 것을 지향하며 보편적이고 단일적인 결과에 도달하려는 사고의 노력이지만, 우리가 생활인으로 사는 한에 있어서는 굳이 한쪽 견해에 치우칠 필요가 없는 것입니다. 우리 주변의 사물이란 유심론적으로 해석되는 면이 있는가 하면 유물론적으로도 훌륭한 답이 나올 수 있는 부면도 있게 마련입니다. 그러므로 유심·유물의 양 척도 모두 세계를 보는 우리에게 유용한 것이며 지혜를 주는 것입니다.

재미있는 현상은 유심론을 기조로 읊는 자유국가에서는 배금주의, 즉 유물론이 팽배해 있으며, 반대로 유물론 위에 세워진 소련이나 북한 같은 공산국가에서는 당과 이데올로기에 충성하라는 유심론적인 것을 국민들에게 요구하고 있다는 사실입니다.

이렇다고 하는 것은, 우리 인생이란 유심론·유물론으로 간단하게 재단할 수 없다는 얘기가 되는 것입니다.

이 같은 점에서 나는 사상은 대해大海와 같은 것이라고 생각합니다. 그래서 나는 사상에 관한 니체의 이 말을 항상 인용합니다.

사상은 강, 인간은 바다

"사람은 탁한 강물이다. 이 탁한 강물을 스스로를 더럽힘이 없이 받아들이려면 네가 대해로 되어야 한다."

따지고 보면 우리가 열심히 공부하고 사색하는 것도 스스로를 바다와 같은 사람으로 만들기 위해서입니다. 따라서 우리가 갖는 사상 역시 바다와 같은 사상이 아니어서는 안 될 것입니다.

이 같은 사상을 자기 나름으로 구축하기 위해서 젊은이들에게 요청하고 싶은 것은 유사 이래 우리 인류가 축적해온 사상의 큰 줄기를 우선 파악하라는 얘깁니다.

나의 경험에 비추어보면, 나에게 철학적인 개안을 주었다고 감히 말할 수 있는 책은 슈베글러의 《서양철학사》란 책입니다. 국판 400~500페이지 정도의 책인데, 나는 이 책에서 결정적인 영향을 받았습니다.

보통 철학사라고 하면 철학의 시조로부터 시작해서 연대순에 의거, 서술되어 있는 게 상례입니다. 러셀의 철학사를 봐도 그렇고, 빈델반트의 철학사를 봐도 그렇습니다.

그러나 슈베글러의 철학사는 전혀 그 유를 달리합니다. 책의 서두에 만물의 근원에 대한 얘기가 쭉 나옵니다. 그러니까 물·불·공기·흙 등을 만물의 근원으로 보는 이론들입니다. 그런데 만물의 근원을 물이나 불이라고 각 철학자가 주장하다가, 이같이 물질이나 원소에서 만물의 근원을 구하려는 노력이 도저히 결실을 맺지 못하자, 그다음으로는 만물이 어떻게 형성되었는가 하는 관계에다가 문제를 옮깁니다. 물론 자연철학의 입장에서입니다마는 여기서 피타고라스가 등장합니다.

이런 식으로 자연철학을 추구해나가다가, 이러한 자연철학은 아무리 추구하더라도 인간의 행복과는 무관한 것이라는 자각이 싹틉니다. 이렇게 하여 인생철학이 뒤이어 전개됩니다.

바로 소크라테스가 등장하는 것입니다.

슈베글러의 철학사는 이런 식으로 문제 설정의 방향에 따라 해설을 이끌어나가고 있습니다. 말하자면 여타의 철학사 책에는 지식밖에 없으나 이 책에는 철학에 있어서는 답안보다도 문제 설정의 방법이 중요하다는 진리를 보여주고 있습니다.

철학이란 요컨대 문제 설정을 옳게 하는 방법을 가르치는 것입니다. 문제를 너절하게 세우면 아무리 좋은 답안이 나오더라도 무용한 노릇입니다. 그러나 일단 문제만 옳게 세워놓는다면 언젠가 그 문제의 크기와 깊이에 따라 답안이 나올 수 있다는 귀중한 사실을 슈베글러의 철학사는 가르쳐주고 있습니다.

특히 이 책의 장점은, 그리스에서부터 근원되는 철학의 흐름이 시대마다 그 양상을 달리하면서 유파가 갈리고, 다시 모여 발전적 면모를 보이면서 현대에까지 관류하는 과정을 퍽 설득력 있게 묘사해주고 있다는 점입니다.

나는 이 책을 모든 젊은 지성에게 필독의 책으로 권함에 있어 주저하지 않습니다.

사상적 불모 상태의 구제를 위하여

나는 또 헤겔을 반드시 거칠 것을 권합니다. 흔히 헤겔은 그에게 심취되어 있는 일부 추수자追隨者들을 제외한 사람들로부터 학자·비학자이건 간에 부당한 대우를 받고 있는 철학자입니다.

"헤겔은 개처럼 거꾸러졌다"라는 신칸트주의의 구호와 더불어 뒤이은 신칸트주의의 팽창에 영향을 받은 사람들은 헤겔은 읽지도 않은 채 지나쳐버린 경향이 있었고, 칼 마르크스의 '헤겔 비판'을 그 결론적인 부분만을 인용해서 헤겔을 극복한 척 안연晏然하는 경우도 없지 않았습니다. 심지어는 헤겔의 변증법을 그 정치한 사고의 메커니즘은 사상해버리고 '정반합'이란 형식논리학적 공식만으로 이해하고 있는 한심한 무리들조차 있는 정도입니다.

헤겔에 대한 비판에 편편의 진실이 없는 바는 아니지만, 이러한 비판을 훨씬 넘어선 곳에 그의 철학의 진면목을 갖고 있는 위재偉才임을 우리는 알아야 합니다. 이를테면 헤겔의 철학은 건축, 위대한 성에 비유할 수 있습니다. 그러한 성을 건축하는 데 있어 때로는 조잡한 재료를 졸렬하게 사용한 구석이 없지는 않지만, 총체적으로 보아 헤겔의 철학은 인간의 두뇌가 건축한 것 가운데서 최대의 것에 속합니다. 그리고 그 세부를 따져도 냉철한 이지理智에 인도하고 황홀한 영감을 촉발하는 계기가 풍부합니다.

관념론 철학의 집대성으로서 학學으로서의 철학을 지향하는 사람으로선 순례가 불가피한 성이라 하겠습니다. 헤겔이 만든 이 성에서 살기를 원하든 원치 않든 철학에 뜻을 둔 사람으로서 헤겔의 철학을 그냥 지나쳐버리면 손해를 입는 사람은 바로 그 사람입니다. 아크로폴리스의 신전에 살기를 거절하는 것은 그 사람의 자유이겠지만, 아크로폴리스의 신전을 무시하면 건축학에의 이해는 불구를 남기게 마련인 것입니다.

내가 마지막으로 사상에 접근하려는 젊은이에게 권하고 싶은 것은 독서회를 조직하라는 것입니다. 철학의 정신은 대화의 정신과 직결되는 것입니다. 같은 책을 읽고 함께 논의하는 일은 무엇보다 중요한 일이라고 생각합니다.

많은 토론이 여러분의 정신에 성숙을 줄 것임은 의심할 바 없는 사실입니다. 또 나는 우리나라의 고등학교 과정에 반드시 철학 과목을 추가해야 한다고 믿고 있습니다. 이미 선진 각처에서는 오래전부터 상당한 시간을 고교 과정에서 철학에 배당해놓고 있습니다.

이 방법만이 우리나라 청소년의 사상적 불모 상태를 구제해줄 수 있는 가장 확실한 길이라고 생각합니다. 젊은이에게 자각된 철학이 없다면 그 사회는 여러 면으로 위태로울 수밖에 없는 것입니다.

이데올로기와 문학

이데올로기는 죽었다

이 테마의 원고를 쓰기 위한 예비적 작업으로서《셀리그먼 사회과학백과사전》을 펴보았다. 내가 가지고 있는 이 사전은 1963년 판으로 한 권으로 되어 있는 부피가 여간 크지 않은 것이다.

사회과학의 문제이면 무엇이건 문제의 핵심을 빠뜨리지 않고 요령 좋은 대답을 준비하고 있는 그 사전에 이데올로기의 항목이 없었다. 이것은 분명히 하나의 놀라움이었다. 그 사전이 반反마르크스주의적으로 편집된 것이 아니라는 사실은 그 사전의 꽤 많은 부분이 마르크스주의 사상의 해설을 위해 할애되어 있는 것으로도 알 수 있기 때문에 이 놀라움은 더욱 컸다. 결국 편집자 셀리그먼을 비롯한 사전 관계자들이 '이데올로기'란 말을 고의적으로 기피한 것도 아니고, 부주의로 인해 빠뜨린 것도 아니라, 사회과학적으로 이미 폐어廢語가 된 말이라고 판정했기 때문의 처사였을 것이라고 납득할 수밖에 없었다.

셀리그먼에 실망한 나는 《브리태니커백과사전》을 뒤져보기로 했다. 《브리태니커백과사전》이라고 하면 '고양이 뿔' '중상투'까진 몰라도, 없는 것이 없다는 것으로 유명한 사전이다. 나는 1965년 판을 폈다. 그런데 여기에도 없었다. 사회과학적 말로선 폐어가 되었다고 하더라도 백과사전적 지식으로선 아직 필요로 하는 말일 것인데 웬일일까, 하는 석연치 않은 기분이 되었지만 없는 것은 어찌할 도리가 없었다.

내친김에 1970년 판 《옥스퍼드영어사전》 OED를 펼쳐보았다. 여기엔 있었다. 단어로서마저 '이데올로기'란 말에 부재선고不在宣告를 할 수 없었던 모양이라고 느낀 것은, 시답잖은 말 한마디를 갖고도 더러는 2~3페이지씩을 소비한 그 사전이 이데올로기에 관해선,

> ① 관념의 기원과 성질을 취급하는 관념의 과학 ② 관념적 또는 추상적인 사고……

라고 하고, 몇 개의 문례文例만을 제시해놓은 정도로 지극히 쌀쌀하고 속절없는 설명이 있었을 뿐이다.

나는 사전의 이러한 편집 방침이 이데올로기란 말과 이데올

로기란 것에 별반 호감을 갖지 않은 영어권 지식인들의 기질을 반영한 것이 아닐까 생각했다. 이러한 나의 느낌을 뒷받침하는 사실이 있기도 하다.

1963년 5월 10일자의, 미국 주간지 《타임》은 발행 40주년의 기념호로서 '링컨' 특집을 싣고 있었는데 〈링컨과 현대 아메리카〉란 제하의 논문 속에 다음과 같은 기사가 실려 있었던 것이다.

> 톨스토이는 링컨을 위대한 개인주의자라고 불렀다. 이는 이론적인 의미에서 링컨을 이데올로기의 주체, 즉 소유자로 왜소화한 노릇이다.
>
> 링컨은 결코 개인주의자가 아닐 뿐 아니라 무슨 주의자도 아니다. 그는 가장 위대하고 가장 고전적인, 미국인의 상상력이 미치는 한에 있어서 전형적인 최상의 개인이었던 것이다.

이 문장에서 주목할 것은 톨스토이가 '위대한'이란 형용사로써 링컨을 수식하고 있음에도 이데올로기의 주체, 또는 이데올로기의 소유자라고 하면 링컨의 위대성을 감소시키는 것으로 된다는 미국인의 사고방식이다. 따라서 이런 나라이기 때문에 대니얼 벨의 《이데올로기의 종말》한국에서는 1999년 범우사에서 《이데올로기의 종언》으로 출간되었다.–편집자 같은 책이 재빨리 나타난 것이 아닐까 하는 생각도 들었다. 그러나 영어권에서 푸대접을 받고 있다는 이유만으로 이데올로기 문제를 경경하게 취급할 수 없다는 것은 두말할 나위가 없다.

마르크스의 아이러니

이데올로기란 말을 처음 사용한 사람은 18세기 프랑스의 계몽사상가 데스튀트 드 트라시이다. 그는 프랜시스 베이컨과 마키아벨리의 영향을 받은 사람인데, 베이컨은 진실의 통찰을 방해하는 것으로서 네 개의 우상이 있다고 말했고, 마키아벨리는 궁전에 있는 자와 광장에 서 있는 자가 각각 생각이 다르다고 쓴 사람이다. 드 트라시는 교회와 국가가 권장하는 방법과는 다른 방법, 즉 감각·기억·판단 등 심리적 방법에 의해 진리에 도달하려고 하고, 그 관념의 형성 과정을 연구하는 과학에 관념학, 즉 이데올로기란 이름을 붙였다.

권력의 터전을 굳힌 나폴레옹은 자신의 시저적 야망에 비판적인 드 트라시 일파의 사상가들을 싫어하고 그들을 '이데올로그'라고 비난했다. 터무니없는 공론만 일삼고 있는 놈들이란 뜻이다. 공화제론자共和制論者였을 때의 나폴레옹은 이들 철학자들의 사상에 호의적이었으나, 황제 나폴레옹은 철학자들이 배척한 전통적 종교 교리와 국가 관념을 필요로 했던 것이다. 아무튼 이데올로기란 말이 생겨남과 동시에 부정적인 의미를 묻게 된 것이 나폴레옹 때문이었다는 것은 역사적인 사실로서 기억해둘 만하다.

드 트라시의 창안에 의한 이 말은 이미 역사의 유물로 화했고, 지금 쓰이고 있는 대로의 '이데올로기'는 마르크스와 더불어 역사에 등장한 말이다. 마르크스는 이 말을 부정적인 의미로 사용했다. 마르크스는 자연적·사회적 존재로서의 인간의 현실 생활과 이 생활의 발전에 유익한 경험·과학·기술 등이 근본적으로 중대하다고 생각하고, 이러한 현실 생활과 유리된 마당에서 엄청나게 비대한 헤겔의 철학 세계를 관념적 유령이라고 하여 비난했다. 즉, 마르크스에 있어서 이데올로기란 관념의 유령이었다. 마르크스는 이데올로기를 단절케 하는 것을 그의 작업의 예비적인 단계로 삼았다.

마르크스는 이데올로기를 철학적 관념론으로 보았다. 그런 까닭에 그에게 있어서 이데올로기는 허위의식이었다. 그는 종교도 허위라고 보았다. 따라서 종교 또한 이데올로기였다. 마르크스의 논조는 차츰 강세를 더하여 이데올로기가 단순한 허위 관념일 뿐만 아니라 특수 이익을 은폐하는 수단이라고까지 극론했다.

"이데올로기는 생리라고 주장하지만 사실은 어느 특정 집단의 요구를 반영한 것일 뿐이다."

마르크스의 이 말에 특히 주목해볼 필요가 있다.

마르크스는 프랑스의 인권선언, 펜실베이니아 주·뉴햄프셔 주의 헌법에 명기된 자연권의 개념을 맹렬히 공격했는데, 그 까닭은 자연권의 주장이 유리하게 재산을 이용하려 하는 부르주아의 요구를 교묘하게 함축한 주장에 불과하기 때문이란 것이었다.

인간은 오직 공동체 내에서만 자기를 실현할 수 있는 것이기 때문에 '자연권'의 개인주의는 거짓 개인주의이며, 진정한 자유는 재산의 자유나 종교의 자유 따위가 아니고, '재산으로부터의 자유' '종교로부터의 자유' 바꿔 말하면 '이데올로기로부터의 자유'라고 마르크스는 주장했다.

이렇게 마르크스는 그의 혼신의 정열을 다해 이데올로기의 가면을 벗기고, 이데올로기를 단죄하는 데 열중했던 것이다.

이러한 마르크스가 그 자신 이데올로기의 종조宗祖가 되었다는 것은 시니컬한 역사의 국면이라고 아니할 수 없다. 마르크스의 모든 교설은 그것의 긍정적인 의미에서건 부정적인 의미에서건 그가 그처럼 타기唾棄했던 이데올로기의 형태, 또는 이데올로기의 의미로서 오늘에 이르기까지 위세를 떨치고 있는 것이다.

사정은 다음과 같이 진행되었다.

19세기적 이데올로기의 제 체계가 유럽의 선진국에서 붕괴의 과정을 바라보고 있었던 20세기 초 러시아라고 하는 저개발국의 엘리트들이 마르크스주의를 그들 나라의 근대화를 위한 사상적 수단으로 이용하기 시작했다. 마르크스주의는 이로써 적극적인 이데올로기로 화해 인간의 현실 생활을 전폭적으로 통제하는 역할로서 기능하기에 이르는 것이다.

사실 마르크스주의엔 그렇게 이데올로기화할 수 있는 조건과 요소가 있었다. 예컨대, 하나의 방향으로 대중을 몰고 갈 수 있는 혁명의 이론, 사회생활의 실상을 조명하는 자본주의의 분석, 역사의 진로를 말하는 사관, 사회의 진전을 적당하게 설명할 수 있는 변증법 등 — 이를테면 손쉽게 이데올로기로서 소책자화할 수 있는 편리한 사상이기도 했다.

이러한 과정으로 마르크스에게 있어서 한때 경멸의 대상이었던 이데올로기가 존중의 대상이 되고, 부정적이었던 것이 긍정적인 것으로 되었다. 19세기엔 이데올로기를 신봉한다는 것이 어리석은 자의 표식처럼 되어 있었는데, 20세기 초두에 이르러선 이데올로기를 신봉하지 않는 자가 어리석은 사람이 되었다. 결과적으로 마르크스는 스스로의 이데올로기를 전파하기 위해 그처럼 정력적으로 선행하여 이데올로기를 부정한 것으로 되었다.

러시아에 있어서의 이 새로운 이데올로기는 이른바 전위前衛라고 자부하는 비밀결사원의 신앙 조목이 되는 동시, 대중들이 희망을 갖고 현재의 고통을 극복하게 하는 슬로건이 되기도 했다. 그것은 과학의 부분을 포함하고 있기도 하고, 신앙의 부분을 포함하고 있기도 했다. 과학적인 부분이 있기 때문에 강력한 신앙 작용을 할 수 있었고, 신앙이었기 때문에 과학으로서의 위력을 발휘하기도 했었다. 이데올로기란 결국 과학과 신앙의 복합물인 것이다. 이러한 사정이 끝끝내 이데올로기를 파탄케 하는 것이었지만, 목적에 대한 집념, 그 집념으로 인한 수단으로서, 이데올로기로서의 마르크스주의자가 러시아의 제정帝政을 전복한 것은 아니지만, 제정이 전복된 수라장에서 정권을 장악하게 한 힘으로 발전했다. 여기서 마르크스 이데올로기는 일종의 신화를 획득하여 드디어 이데올로기라고 하면 마르크스 이데올로기를 말하는 것으로 인식되는 상황이 이루어진 것이다.

그것은 진리가 아니다

일단 그 이데올로기를 요약해볼 필요가 있다. 마르크스의 《경제학 비판》 서문에 다음과 같은 기술이 있다.

> 인간은 그 생활의 사회적 생산에 있어서 일정한, 필연적인 그의 의지란 독립된 관계, 즉 생산관계에 들게 된다. 이 생산관계는 그들의 물질적 생산력의 일정한 발전 단계에 대응한다. 이들 생산관계의 총체가 사회의 경제적 구조를 형성한다. 이것이 현실의 도태이다. 그리고 그 위에 법률적 및 정치적인 상부구조가 이룩되어, 그것이 일정한 사회적 의식 제 형태에 조응照應한다. 물질적 생활의 생활양식이 사회적·정치적·정신적 생활 과정 일반의 조건이 된다. 인간의 의식이 그들의

> 존재를 규정하는 것이 아니고, 거꾸로 그들의 사회적 존재가 그들의 의식을 규정하는 것이다.

이것을 쉽게 풀이하면 인간은 사회적인 존재이며, 사회의 근본은 경제적 조건에 있다. 그 경제적 조건에 맞추어 법률이 만들어지고 정부의 형태가 정해진다. 물질생활이 정신생활을 규제하는 것이지 정신이 근본이 될 순 없다. 사람들의 의식은 그 환경이 만들어내는 것이다. — 라는 뜻이다.

이 가운데 나타난 '사회적 의식의 제 형태'라는 것을 '이데올로기'라고 한다. 여기서 몇 개의 명제가 도출된다.

① 이데올로기는 사회의 물질적·경제적 구조에 대응하는 것이기 때문에 그 물질적·경제적 구조가 변화하면 당연히 이데올로기도 변화한다.

② 인간 의식의 소산은 생성·발전되는 것이기 때문에 진리도 생성·발전된다.

③ 이데올로기는 일정한 경제적 구조, 사회적 생활에 의해 규정되는 것이기 때문에 각자의 이데올로기는 각자가 위치한 특정한 물질적 구조에 규정당하지 않을 수 없다.

그런 까닭에 당연히 부르주아지의 이데올로기와 프롤레타리아의 이데올로기는 다르게 마련이다. 부르주아지의 이데올로기는 만인은 법 앞에 평등하다고 말하고, 경제적인 불평등은 각자의 능력, 노력의 차에서 나오는 것이니 어쩔 수 없다고 설명한다. 한편 프롤레타리아의 이데올로기는 만인은 법적으로도 경제적으로도 평등해야 한다고 주장한다. 부르주아 체제에 경제적 불평등이 존재하는 것은 원래 부르주아 체제가 그 속에 착취하는 계급과 착취당하는 계급을 가지고 있어, 일방이 타방을 경제적·사회적·정치적으로 지배하고 있기 때문이라고 설명한다. 그러니 부르주아 계급이 말하는 '법'이란 것도 실은 프롤레타리아트를 지배하기 위한 도구, 또는 수단에 불과한 것이며, 경제적인 불평등을 합리화하기 위한 책략일 뿐이다. 그런 까닭에 부르주아지는 마땅히 타도되어야 한다. 세계의 프롤레타리아트는 부르주아 계급을 타도하기 위해 단결해야 한다.

이러한 주장의 바탕엔 '종래 인류의 역사는 계급투쟁의 역사이다'라는 선동적 사상이 있고, 그 미래엔 '프롤레타리아의 독재'가 있다. 요컨대 마르크스의 사상이

"프롤레타리아 독재 정권을 세워라!"

"그러기 위해서 부르주아지를 무자비하게 타도·섬멸해야만 한다."

"그러기 위해서 세계의 노동자는 단결해야 한다!"

"이것이 바로 역사의 필연이며 유일한 진리이다."

라는 명령으로 집약되어 이데올로기로서의 면목과 역할을 다하게 된 것이다.

어떠한 상황, 특히 투쟁에 있어서 이데올로기를 필요로 할 경우가 있다는 것을 우리는 충분히 납득할 수가 있다. 특히 저

개발국이 난관을 극복하기 위해선 어떤 이데올로기를 세워놓고 국민을 그 지시하는 바에 따라 강제로 몰아칠 필요가 있기도 하고, 터전이 허약한 정권이 공적으로 이데올로기를 만들어 그 이데올로기를 신봉하는 자는 동지, 그 이데올로기에 반대하는 자는 적으로 몰아 처단하는 경우도 없지 않다.

아무튼 러시아에 있어서의 마르크스적 이데올로기가 드디어 스탈린주의로 화할 수밖에 없었다는 것은 역사의 실례가 보여주고 있는 바이다. 이로써 이데올로기가 타락했다고 말하는 사람이 있지만, 마르크스주의 이데올로기가 스탈린주의로 화했기 때문에 타락한 것이 아니고, 마르크스주의의 스탈린주의화를 불가피한 현상으로 볼 수 있을 만큼 그 이데올로기의 내부에 화근이 있다는 것은 마르크스주의에 어느 정도 경도해 있었던 사르트르도 이미 지적하고 있는 바이다.

소련공산당 제20회 대회에서 시작한 스탈린 비판은 단순히 스탈린 개인에 대한 정책적 실수를 추궁하는 데 그친 것이 아니고, 스탈린주의화한 마르크스주의 이데올로기의 파산을 의미하는 것이다. 이것은 좌익 이데올로기의 관료들조차도 그들의 이데올로기가 파산했다는 사실을 자인한 것으로 된다.

뿐만 아니라 이 이데올로기의 중요한 구성 부분인 자본주의 사회에 있어서의 궁핍화 이론은 이제 성립될 수 없는 것으로 되었으며, 그들이 이데올로기의 적으로서 취급하고 있던 근대경제학의 이론과 수법을 사회주의 국가도 광범하게 채택하지 않을 수 없는 상황에 말려들기도 했다. 이러나저러나 이데올로그의 조종弔鐘은 울렸다. 그런데도 그들이 이데올로기로서의 마르크스주의를 포기하지 못하는 덴 갖가지 이유가 있다. 우선 의식용으로서 그것을 필요로 하고, 그들 정권의 출생 증명으로서도 필요한 것이다.

엄밀하게 따지면 이데올로기로서의 마르크스주의는 1930년대에 이미 파산하고 있었다. 그 10년 동안에 발생한 사건은 리버럴리즘을 비롯하여 마르크스주의, 아나키즘, 전통적 이데올로기의 완전 무력을 증명해버렸다. 그러한 상황 속에서도 마르크스주의는 그 권위를 지키기 위해 체계화를 서둘렀지만 지금에 와서 보면 사인死人에의 화장에 불과하다.

중소의 분쟁, 유러코뮤니즘의 대두 등은 마르크스주의 이데올로기의 파산에 관한 보충적인 증명일 뿐이다.

마르크스가 기왕 헤겔의 이데올로기에 대해 쏘아붙인,

"이데올로기는 진리가 아니고 어느 특정 집단의 이익을 반영한 것일 뿐이다."

라는 말이 마르크스 자신의 가슴을 찌른 화살이 되고 말았다.

사상과 이데올로기

이데올로기는 일반적으로 현존 질서에 있어서의 논쟁적인 문제에 관한 근본적인 신념과 태도를 포함하는 것으로 정치적인 입장을 당연히 포함하고 있다. 한마디로 말해, 당파적인 의견과 사상인 것이다.

그런 까닭에 이러한 당파적·정치적 이데올로기는 네 부분으로 구성된다.

① 정치적 목표의 확인

② 당면한 현실의 과학적 분석

③ 목적 달성을 위한 수단과 방법의 선택

④ 보다 많은 지지자를 흡수하고 지지자들을 단결시키고 행동화시키기 위한 사명감의 주입

그런데 이 가운데서 가중 중요한 것은 제2의 부분, 현실의 객관적 분석이다. 그러나저러나 정치가로선 범위의 광협, 정도의 차이는 있겠지만 무언가 정치적 이데올로기를 갖는 것은 당연하다고 할 수 있겠다. 또는 다음과 같은 논법으로 이데올로기를 긍정하는 태도가 있다는 것도 잊어선 안 된다.

① 이데올로기는 현실 인식의 작용이다. 그러니 훌륭한 이데올로기를 무기로 한 자는 그만큼 심각한 현실 인식에 도달할 수가 있고 그러지 못한 자는 왜곡된 현실 인식을 가질 뿐이다. 그러니 전자의 경우 이데올로기는 전 인류 인식 과정의 끊임없는 발전 속에서 좋은 안내자가 될 수 있다. 그렇게 해서 이데올로기와 현실 인식은 상호 매개하여 객관적 진리의 인식으로 높아진다.

② 이데올로기가 과학적 인식과 결부되어 있는 한 그것은

실천적 요구에 올바른 해결의 방향을 제시한다. 예를 들면 올바른 역사적 인식에서 도출된 역사 법칙은 같은 역사적 상황에서의 실천의 방향을 바르게 가리킨다.

이에 반해 틀린 현실 의식을 가진 이데올로기는 그 이데올로기의 지지자가 의식하고 있건 의식하지 않고 있건 현실을 은폐하는 기능으로 작용할 뿐이다.

이상의 말을 종합하면 정치인은 불가피하게 어떤 이데올로기를 가지지 않을 수 없다는 얘기며, 좋은 이데올로기를 가지는 것은 좋고, 나쁜 이데올로기를 가지는 것은 나쁘다고 할 뿐이다. 이것도 결론적으로 말하면 '그러니 마르크스주의에 의한 이데올로기를 가져야 한다'고 되는 것이어서, 결국은 마르크스주의 비판으로까지 문제가 확대될 수밖에 없다.

그런데 여기서 나는 카펜터의 다음과 같은 말을 상기한다.

"전 인생을 송두리째 덮어버리려고 하는 사회주의와 이에 유사한 이상을 가진 자를 나는 신용하지 않는다."

마찬가지로 나는 하나의 이데올로기로서 인생 만반을 다스리려고 하는 이데올로기를 신용할 수가 없다. 이것은 마르크스 이데올로기를 비판하기 위해 마르크스주의의 비판을 하기 이전의, 그리고 문학인 이전의 나의 신념이다.

그 까닭은 아무리 숭고한 사상이라도 이데올로기로 화하기만 하면 타락한다는 사례를 역사상 무수히 보아왔기 때문이다. 그러니 마르크스주의가 그 예외일 수 없는 것이다.

이데올로기는 이제 보아온 바와 마찬가지로 정치적, 그러니까 당연히 전투적인 의식의 형태로 나타난다. 마르크스의 사상마저도 이데올로기가 되기 위해선 장점일지도 모르고 진리에 가까운 것일지도 모르는 많은 부분을 절제해버려야만 비로소 가능한 그런 사정에 놓인다.

공자를 예로 든다.

공자의 사상은 두말할 나위 없이 논어에 담겨 있다. 우리가 논어에서 읽을 수 있는 것은 만화경 같은 인생과 세상사에 대한 광범하고도 투철한 견식, 또는 지혜이다.

그는 충을 말하고, 효를 깨우치고, '인의예지 문행충신'을 설했다. 그런데 그 가운데 이런 대목이 있는 것이다.

"종평생을 통해 한마디만을 지켜 행할 수 있는 것이 있습니까?"

하고 자공이 물었을 때 공자의 답은

"기서호."

였다. 용서하라는 것이다. '용서하라' 이 말만은 종평생 지켜 좋은 말이란 뜻이다.

자로, 증석, 염유, 공서화가 자리에 있었을 때 공자가 각기 하고 싶은 일을 말하라고 했다. 자로, 염유, 공서화는 각기 정치에 관한 포부를 말했다. 공자는 그저 웃기만 하고 별말이 없었는데 증석이

"늦은 가을 춘복을 입곤 청년 5, 6명, 소년 6, 7명을 데리고 기수에 가서 멱을 감고, 무우에서 바람 쐬다가 노래 부르며 돌아오고 싶습니다."

하자 그는

"나도 너와 동감이다."

하고 맞장구를 쳤다曰, 暮春者 春服旣成, 冠者五六人, 童子六七人, 浴乎沂, 風乎舞雩, 詠而歸, 夫子喟然歎曰, 吾賢晳他.

나는 이것을 논어 가운데서 가장 아름다운 장면이라고 생각하여 암송하고 있는 바이지만, 이러한 폭과 깊이를 가진 공자의 사상이 정치적인 이데올로기로 화하면, 충효의 개념에 어긋난다고 해서 목을 베고, 거조와 동작이 자로 잰 것처럼 방정하지 않다고 해서 난적으로 몰리는 살벌한 사상으로 타락해버렸다는 것은 우리 이조의 역사가 실증하고 있는 것이다.

예수 그리스도의 경우도 마찬가지다.

"네 이웃을 사랑하길 네 몸과 같이 하라."

"네 원수를 사랑하라."

"죄 없는 자가 이 여자를 쳐라."

라고까지 한 그 무한량한 사랑의 복음이 일단 이데올로기로 되었을 때 천주를 교왕의 준칙대로 믿지 않으면 폭단暴端으로 몰아 생신을 불태워 죽이는 잔악한 사상으로 타락했었던 것이다.

옳은 이데올로기, 나쁜 이데올로기를 구분하는 것부터 이데올로기가 지닌 잔인성의 소지를 말한다. 이데올로기의 전투성은 드디어 그 이데올로기의 신격화를 초래한다는 것은 나치스 이데올로기나 스탈린 이데올로기가 다를 바가 없다는 것을 그 두 이데올로기가 각각 살육한 천만 가까운 생영生靈의 숫자로 써도 알 수가 있다. 어느 서구 통계학자는 마르크스의 이름 아래 그 찬반 양면으로 1억 5,000만이 죽었다고 하는데, 이는 결코 과장된 숫자가 아닐 줄 안다. 6·25를 전후한 우리 동포의 희생자 약 300만가량도 이 통계에 산입되어 있는 것이다.

문학의 테마는 인간

문학은 그 인식의 바탕에서부터 어떤 이데올로기라도 이를 비판의 대상으로 한다.

이데올로기는 그것이 긍정적인 경우라도 인생의 전도全圖에 있어서의 필요에 따라 만든 산업 지도, 교통 지도, 때론 기상 지도격일 뿐이다. 그러한 부분적인, 또는 요약적인 지도로써 인생의 전도에 우선시킬 수 없다는 것이 문학의 신념이다.

이데올로기는 인간을 부르주아와 프롤레타리아로 구별하고 확연한 경계선을 친다. 그러나 문학은 부르주아이기에 앞서 있는 인간, 프롤레타리아이기에 앞서 있는 인간을 상대로 한다. 뿐만 아니라 문학이 지니고 있는 원근법과 복안複眼은 스토아파로부터 보댕, 흐로티위스, 섀프츠베리, 허치슨에 이르는 '인간은 인간에 있어서 이리狼'란 인식을 동시에 파악하고 있는 것이다.

그런 까닭에 부르주아를 규탄할 땐 그가 부르주아이기 때문이 아니라 인간으로서의 사악을 보았을 경우이고, 프롤레타리아를 찬양할 땐 그가 프롤레타리아이기 때문이 아니고 그 속에 인간성의 승리를 보았을 경우이다.

문학의 인식은 첫째 사랑에 의한 인식이다. 그런데 이데올로기는 증오를 가르친다. 증오할 적은 상정하지 않곤 이데올로기의 필연성이 없기 때문이다. 그런 까닭에 이데올로기와 문학은 빙탄불상용氷炭不相容의 관계에 있다고 나는 생각한다. 그리고 무엇보다도 나는 무릇 흑백논리를 혐오한다. 정치에 있어선 흑백논리가 불가피하겠지만, 그러니까 문학은 그런 뜻에서 정치에 전폭적인 신뢰를 걸지 않는다.

사랑하기 위해선 미워할 것을 미워해야 한다는 말이 가능할 줄 안다. 그러나 나는 이데올로기적으로 규정된 '미워할 것'을 무조건 미운 것으로 칠 수는 없다. 문학이 미워하는 것은 부르주아에 있어서나 프롤레타리아에 있어서나 반인간적인 인간과 사상事象이다.

문학은 또한 심성의 질서에 의한 인식이다. 정서적 질서라고 안 하는 것은 심성엔 논리적인 기능이 있기 때문이다. 이 심성의 질서에 의하면 어떠한 권위도 인정될 수가 없다. 군주와 구두닦이가 동렬에 있다. 코르시카 섬 출신의 나폴레옹이 19세기 페테르부르크에 태어났더라면 라스콜리니코프가 되었을지 모른다는 것이 문학의 인식이다. 이데올로기는 권위의 인식이다. 문학이 이에 동조할 수 없는 것이다.

문학은 또한 진실에 주안을 둔 비판적 인식이다. 인간에 관계되는 사물과 사상치고 이 문학의 법정에서 면책권을 주장할 수 있는 아무것도 존재하지 않는다. 어떠한 이데올로기도 예외일 수 없다. 우리는 그 가장 좋은 범례로서 도스토옙스키의 《악령》, 아서 케스틀러의 《백주의 암흑》, 조지 오웰의 《동물농장》, 《1948年》한국에서는 2009년 문학동네에서 《1984》로 출간되었다.-편집자, 사르트르의 《더럽혀진 손》한국에서는 1996년 문학동네에서 《더러운 손》으로 출간되었다.-편집자, 솔제니친의 《이반데니소비치의 하루》에서 《수용소군도》에 이르는 일련의 작품을 가지고 있다.

이들 작품은 문학의 비판적 인식이 사회과학자들의 논리적, 실증적 조작만으로선 도저히 미치지 못할 심처深處에까지 이르고 있다는 사실을 보여준다. 문학의 인식은 그 독특한 원근법에 의해 거시와 미시 사이로 유연하게 시점을 이동하기도 한다.

이러한 문학의 인식에 비하면 이데올로기에 의한 현실 인식이란 그 선동성을 빼버리면 성냥으로 만든 세공물에 불과하다. 그런데 이 이데올로기가 사회를 뒤흔들어놓기도 한다는 사실! 여기에 인간이란 것의, 대중이란 것의 위대하기도 하고, 어리석기도 하고, 안타깝기도 한 경향과 소질이 있기도 한 것인데 그 실상의 탐구가 또한 문학의 사명이다.

나는 한 명의 문학자가 이러한 작업을 골고루 할 수 있다고는 말하지 않는다. 문학이 지닌 광대한 기능을 각기 능력과 취향에 의해 분담할 수밖에 없는 것이다.

그리고 나는 문학의 전능을 말하고 있는 것도 아니다. 되레 문학은 그것이 자각하고 있는 사명에 비하면 너무나 허약하다. 판을 치는 것은 이데올로기이고, 문학은 쓸쓸하게 그것을 지켜보며 나름대로의 기록을 하고 있을 뿐이다. 오만한 철학이나 사상은 이윽고 인류의 해독이 되었다는 사실을 누구보다도 잘 알고 있는 것이 문학인이다. 그런 까닭에 문학인은 겸손하다. "펜이 칼이 아니며 칼보다 약하다"라는 것은 사르트르의 자각만이 아니다.

그런 뜻에서도 문학은 이 강렬한 이데올로기를 겸손하면서도 치밀한 방법으로 비판할 줄 알아야 한다고 믿는다.

이데올로기로서의 마르크스주의를 비판하는 데 손쉬운 길이 있다. 그 하나는 그가 창도한 '프롤레타리아의 독재' ― 그것의 러시아적 실천 현장에서 역산하는 방법이다. 그러나 여기서 그것을 내가 해 보일 필요가 없는 것은 그러한 독재정권을 유지하기 위해 불가피했던 강제수용소의 실태를 솔제니친을 통해서 읽을 수 있기 때문이다.

그리고 오늘날 소련에 있어서의 평등, 즉 프롤레타리아의 이데올로기의 핵심이 되어 있는 평등의 문제는 어떻게 되어 있는가. 모든 권력을 관료가 장악하고 있는 그 불평등한 양상은 자본주의 국가의 유가 아니다. 그런데 이것은 관료, 또는 정치가의 잘못에 기인한 것이 아니라, 인간성을 잘못 파악한 데서 필연적으로 나타난 좌절 현상이다. 모든 재산의 국유國有가 인민의 소유란 건 허울 좋은 설명일 뿐이고, 관리자는 지배계급이란 보다 강력한 계급사회를 현출했을 뿐이다. 그들은 자본제資本制에 있어서의 빈자의 물리적 비참을 강조하고 개인의 능력 차엔 눈을 감아버렸는데 오늘날 그들 사회의 불평등은 결국 능력 차로써 설명하고 있는 것이다.

게다가 계급투쟁의 이론. 인류의 역사가 가끔 계급투쟁적인 국면을 겪어오지 않은 바는 아니나 계급의 협동에 의해 보다 많은 발전을 해온 것이다. 그런 까닭에 문학의 인식은 투쟁보다 협동에 중점을 두고 평화를 권장하고 평화리에 역사가 진전되는 것을 원할 뿐이다.

이럴 때 우리는 콜의 의견을 음미할 필요가 있는 것이다.

> 극히 숙명적인 원리를 갖고 시공을 무시하여 유일 단일의 교의 체계의 계급적 정당성을 부여한 볼셰비키의 이데올로기엔 혐오를 느끼지 않을 수 없다.

이미 말한 바 있지만 문학은 겸손해야 한다. 그러나 비굴할 순 없다. 어떤 이데올로기에 사로잡히면 문학은 필연적으로 비굴하게 된다. 문학이 바다이면 이데올로기는 강줄기다. 문학이 이데올로기를 재단할망정, 이데올로기의 재단을 받아선 안 된다. 문학이 이데올로기를 가르칠망정 이데올로기의 제자가 될 순 없다. 이데올로기는 정치이고, 문학은 정치까지를 포함한 인생을 상대로 하는, 어디까지나 활달해야 할 작업의 영역이다.

우리나라의 특수 사정이 이데올로기를 가진 문학을 존중하는 폐단을 낳기도 했는데, 그 책임이 비록 문학인에게 있는 것이 아니고 나라의 특수 사정에 있다고 하더라도 부끄러워해야 할 사람은 문학인이란 것을 알아야 한다.

문학이 봉사해야 할 곳이 있다면 그것은 프롤레타리아가 아니고, 오직 인간일 뿐이다. 프롤레타리아를 무시해야 한다는 뜻이 아니라 프롤레타리아 속에 있는 인간을 소중히 해야 한다는 뜻이다. 일종의 추상개념에 지나지 않는 프롤레타리아에 봉사해야 한다고 기세를 높였던 이른바 혁명문학이 당의 선전 노예가 됨으로써 강제수용소를 만드는 데 본의 아닌 공범자가 되었다는 사실을 잊어선 안 된다.

바로 이웃 나라인 일본의 경우 다이쇼大正 데모크라시를 거쳐 1930년대까지 이데올로기 문학이 전국을 휩쓸 듯한 적이 있었는데, 오늘날 당시의 문학전집을 엮은 것을 보면 그 번창했던 이데올로기 문학의 흔적은 온데간데가 없고 비이데올로기 문학작품만이 수록되어 있다. 일본의 오늘에 문학 외적 압력이 있는 까닭도 없고 그 전집들을 편집한 위원들의 대부분이 좌익적 또는 좌익 동조적인 사람들인데도 그런 결과로 나타나 있는 것이다.

뭔가 생각할 점이 있지 않은가.

문학은 문학 이외의 주인을 가져선 안 되는 것이다.

괴테의 말이 있다.

> 문학인이 정치적으로 활동하려고 하면 어느 당파에 몸을 맡겨야 한다. 그런데 그렇게 되면 그는 이미 문학인이 아니다. 자유로운 정신과 편견 없는 의견에 등을 돌리고, 편협하고 맹목적인 증오란 모자를 귀밑으로까지 푹 눌러써야 하기 때문이다.

이로써 이데올로기와 문학, 그리고 그 관계를 논할 수 있는 기초적인 작업은 일단 끝낸 것으로 되겠다.

문학이란 무엇인가

언어를 수단으로 하는 문학은 필경 사상의 예술일 수밖에 없다. 그런데 문학을 사상의 예술이라고 할 때, 그 사상이란 작품 속에 담긴 사상의 내용만을 가리키는 것이 아니고, 그 전달의 방식까지 포함해서 말하는 것이다.

가령 다음과 같은 묘사가 있다고 치자.

> 의사는 병자의 맥박을 짚었다. 임종 시간을 확인하기 위해서였다. 아마 의사의 뇌리엔 카운트다운이 진행되고 있을 것이었다. 9, 8, 7, 6, 5, 4, 3…… 이동안 병자의 의식은 선명하다. 들창에 달이 걸렸다. 이웃방 라디오가 일기예보를 알리고 있다. '내일의 날씨는 청명합니다.'

하나의 사람이 죽어가고 있다고만 해도 사실의 전달로선 충분하다. 월광과 라디오는 도리어 사족이다. 그런데 문학은 들창에 걸린 달을 필요로 하고, 천기 예보를 필요로 한다. 바로 이 전달의 방식까지가 사상이란 뜻이다.

음音·색色·형形으로 나타나는 예술은 직접적으로 감관感官에 호소하기 때문에 그만큼 강력하다. 그러나 그것은 국한적이고 감동의 기간이 짧다. 이와는 반대로 언어의 징표로써 제시되는 문학은 선명하진 못하지만 읽는 사람의 협동을 얻어 무궁무진한 이미지로 전개되기도 하여 갖가지 사상의 파도를 일게 한다. 즉, 누구에게나 내일이 없는 그날이 있을 것이란 암시의 뜻보다도 내일이 없는 그 사람에게 있어서 내일의 일기예보가 어떠한 것일까 하는 사고를 사람으로 하여금 유발하게 한다는 데 의미가 있는 것이다.

사상을 흔히 이데올로기로만 생각하고 있는 경향이 있지만, 문학에 있어서의 사상은 그보다 넓고 깊고 절실해야만 한다. 이데올로기는 문학에 있어서 이미 경화된 덩치에 불과하다. 생을 그 생명의 흐름에서 파악해야 하는 문학은 필요하다면 경화된 이데올로기의 경화된 소이所以를 밝혀내어야 한다. 무릇 경화된 것은 그것을 저작咀嚼하고 소화하여 새로운 영양원으로 하지 못할 경우 생명에 유해하다.

생명에 유해한 것은 문학에도 유해하다. 문학이란 그것이 간혹 절망을 노래하는 그 시간에도 생명에 의한 생명을 위한 생명의 찬가이기 때문이다. 이데올로기가 문학에 유해한 것은 그 강압적이고 독선적인 일반론적 성격 때문이다. 일례로서 마르크스주의를 들면, 거개는 부르주아와 프롤레타리아만 있고 부르주아이기에 앞서 인간이 있다는 사실이 사상捨象되어 있는 것이다.

목적을 위해선 수단을 가리지 않는다는 것이 그들의 혁명론일 때, 문학은 부르주아이건 프롤레타리아이건 인간을 수단화해선 안 된다는 입장에 선다.

그렇다고 해서, 즉 경화된 이데올로기라고 해서 이를 무용無用으로 친다는 얘기는 아니다.

경주의 하늘에서 신라의 하늘을 보고, 그 옛터의 부서진 기왓장에 눈물을 흘리는 것도 문학이기 때문이다. 생명의 고기를 잡기 위해선 경화되고 낡은 이데올로기를 그물로써 이용할 경우도 있다는 얘기다.

문학과 사상을 이렇게 얘기하게 되면 너무나 광범한 늪 속으로 빠져들 위험이 있기 때문에 이 글의 주제를 문학적 인식에 국한하고자 한다. 문학과 사상에 관한 논의란 결국 문학이란 무엇이냐 하는 설문으로 될 것이며, 문학이란 무엇이냐 하는 논의는 문학적 인식이란 무엇이냐 하는 문제로 될 것이기 때문이다.

문학적 인식이란 무엇인가. 원초적인 이야기로부터 시작하자.

첫째, 사랑에 의한 인식이다. 가슴에 사랑을 안고, 눈빛에 사랑을 띠고 하는 인식이란 뜻이다. 이 산하, 이 하늘, 이 초목, 이 도시, 이 사람, 저 사람을 사랑하는 마음으로 사랑하는 눈으로 인식하는 것이다. 사랑하지 않고 어떻게 배기랴! 슬픈 까닭에 사랑하고, 추한 까닭으로도 사랑하고, 아름다운 까닭에 물론 사랑하고……. 이렇게 사랑이 문학의 원천이며, 그 원천으로서의 인식이 문학적 인식인 것이다.

둘째, 심성의 질서에 의한 인식이다. 바꿔 말해 심성의 논리에 의한 인식이다. 사랑이 문학의 원천이라고 해도 그로써 문학이 가능한 것은 아니다. 사랑이 문학으로서 가능하려면 그것이 심성의 질서에 따라, 또는 심성의 논리에 의해 그 인식을 정치화精緻化해야 한다.

심성의 질서는 공인된 사회질서를 무시하는 데서 비롯된다. 평균적인 질서 의식에 반발하는 데서 나타난다. 예컨대 평균된 질서 의식은 서울을 하나로 생각한다. 서울특별시란 명칭을 가진 하나의 도시이다. 그런데 심성의 논리에 따르면 서울은 그 인구 800만으로 치고 800만 개의 서울이 있다고 본다. 아니, 여행자의 수까지 합쳐 서울은 수천만 개의 서울일 수밖에 없다고 보는 것이다. 구두닦이의 서울, 사기꾼의 서울, 어느 학생의 서울, 청소부의 서울, 시장의 서울…… 그리고 구두닦이와 시장 사이에 차등을 두지 않는다. 명문의 규수와 창녀와의 사이에도 차등을 안 둔다.

우리는, 문학에 종사하는 우리는 모두 도스토옙스키의 제자들이다. 스승 도스토옙스키는 창녀 소냐에게서 신성神性을 보았다. 기라성 같은 명문 여성을 다 젖혀놓고 창녀 소냐에게 여성이 지니고 있는 최고의 품성稟性을 부여한 것이다. 갖가지 의견은 달리 가지고 있어도 우리는 도스토옙스키의 이러한 심성의 논리에만은 충실한 제자이다.

문학적 인식이 어떠한 인식보다도 상위에 있다는 것은 범인을 사문査問하고 재판하는 판사나 검사를 비롯해서 어떠한 권력자도 우리 문학의 법정에 피의자로서 출두시킬 수 있다는 바로 그 사실에 의거한다. 우리는 사회의 서열과는 확연히 다른 서열로써 우리의 문학 세계를 구축하는 것이다.

셋째, 문학적 인식은 진실의 탐구만을 유일 지상의 목적으로 하는 인식이다. 권력·돈·건강·가정 등, 세속적인 가치를 골고루 승인하면서도 그것만 가지고는 행복에 도달할 수 없다는, 그러니까 이러한 것이 행복에의 계기가 될 수 있게 하는 그 무엇의 탐구가 문학의 역할이 되기도 한다.

우리는 이러한 인식에 의해 고급 차가 지옥을 운반하고 있고, 리어카에 천국이 실려 가고 있다는 사실을 알기도 한다.

넷째, 문학적 인식은 필연적으로 인간의 행복을 주축으로 한 비판적 인식일 수밖에 없다. 정치 비판·경제 비판·과학 비판·일반 문화 비판·도덕 비판·풍속 비판 등, 무릇 인간에 관계되는 제반사로서 문학의 비판에 면책권을 가진 것이라곤 없다. 그리고 이 비판은 이론적일 뿐만 아니라 감상적이어야 하고, 본질적일 뿐만 아니라 묘사적이어야 하고, 전문적일 뿐만 아니라 통상적이어야 한다. 문학의 사명이 설득력에 있기 때문이다.

문학자에게 크고 깊은 재능과 자질을 요구하는 까닭이 여기에 있다. 그러나 대농장의 다각적 경영 같은 문학과 동시에 분재盆栽를 가꾸는 원예사적인 문학도 가능한 것이니, 비판으로서의 문학은 각자의 기질과 능력에 따라 그 대상을 선택할 수밖에 없다.

하지만 어떤 경우에도 허위와 우선에 대해선 민감해야 하는 것이며, 악한 선인과 선한 악인을 가려낼 줄 알아야 한다. 세속의 법정에서 사형 선고를 받은 범인이 무죄 선고를 받을 수 있는 것은 오로지 문학의 법정이며, 이미 동상으로 화한 권력자에게 유죄 선고를 내릴 수 있는 것도 문학의 법정이다. 모든 사람이 갈채를 보내는 자연과학의 성과를 행복에 공헌하는 그 척도로 따져 비판하는 역할에 문학의 깊은 의미가 있기도 한 것이다.

다섯째, 문학적 인식은 극적인 인식이다. 무풍지대에 조용히 서 있는 한 그루 나무도 그 조용한 생명을 유지하기 위해서 그 내부에선 엄청난 드라마를 되풀이하고 있는 것이다. 동화작용은 일광과 공기, 또는 땅속의 양분을 흡수해서 악착같이 살려고 하고, 이화작용은 이에 반대해서 죽음을 지향한다. 이처럼 생과 사의 갈등이 일순도 쉬지 않고 작용·반작용하고 있는 것이 식물이라고 할 때, 하물며 인생이랴, 사회이랴……. 문학은 그 가운데서 드라마를 건져내기도 하고, 자기가 꾸민 드라마의 메커니즘을 통해서 인생을, 사회를 생동적·생명적으로 인식하기도 한다. 그것이 그러하니 심리의 드라마일 수도 있고, 사랑과 사랑의 드라마, 사랑과 미움의 드라마, 선과 악이 대립되는 드라마, 정正과 부정不正이 투쟁하는 드라마, 개個와 전체와의 상충에 의한 드라마일 수도 있다. 문학이 대중과 깊은 결연을 맺는 장소가 바로 드라마틱한 인식의 무대이다. 그렇기 때문에 비판으로서의 문학은 과학의 태도와 방식과는 달리, 싸늘한 분석에 의한 냉정한 객관적 비판일 순 없다. 어디까지나 예술이어야 한다는 자각에 의한 것이다. 주관적인 분석이 독자에게 전달되어 객관적인 공감을 얻을 수 있어야 한다는 것은 결과의 문제이지 창작 과정의 문제는 아니다.

마지막으로, 문학적 인식은 기록과 묘사를 통한 인식이다. 사랑에 의한 인식, 드라마틱한 인식 등은 정도의 광협廣狹, 심천은 있을망정 문학인 이외의 사람들도 하고 있고 할 수도 있는 인식이다. 그런데 문학인과 비문학인을 결정짓는 곳이 바로 이 기록과 묘사에 의한 인식의 장소이다. 문학은 만인이 느끼고 있으면서도 정착시키지 못하는 것을 기록과 묘사로써 정착시키는 기능으로서 성립되는 것이다. 수발秀拔한 감각적 발견, 탁월한 이론적 발상이 있어도 적절한 표현을 얻지 못하면 그것은 문학일 수 없다. 보다도 문학일 수 없는 수발한 감각적 발견, 탁월한 이론적 발상은 아예 존재하지 않는 것으로 치는 것이 문학인의 신념이라고 할 수 있다.

그렇다면 이와 같은 문학적 인식이 철학적 인식, 과학적 인식, 종교적 인식, 역사적 인식과 어떻게 다르며 어떻게 유관한가 하는 문제가 남는다.

철학은 문학이어야 하고, 문학은 철학이어야 한다는 당위적인 발언이 성립되지 못할 바는 아니지만, 그 외연과 내포가 완전 일치를 볼 수는 없다. 철학의 목적은 진리의 정립, 가치의 정립, 권위의 정립에 있다. 문학은 이와 같은 철학의 지향에 일단 경의를 표하기도 하고, 그 성과를 섭취하기도 한다. 그러면서도 문학은 이와 같은 지향에 회의를 표명한다. 극단하게 말하면 무릇 일반론은 성립할 수 없다고 보는 것이 문학이다. 부드럽게 말하면 일반론을 전적으로 부인하지 않으나 그 일반론의 보람에 그다지 기대할 것이 없다고 문학은 회의하는 것이다.

세계관으로서의 철학은 파산했다는 것이 현대 철학자들의 통념이다. 유심론의 각 분파, 유물론의 각 분파, 거기에다 본질론자·분석주의·구조주의 등, 철학은 언제나와 같이 지금도 군웅할거群雄割據의 상황에 있다. 철학이 각각 어떤 지도 원리를 내세우긴 하지만 그것이 현실을 감당하지 못하고 있는 실정이다.

문학은 원리적 노력과 추상적 작용으로썬 현실을 일반론적으로 감당하지 못한다고 보고 '케이스 바이 케이스'로 사상事

象을 파악하려고 한다. 어느 작가는 큰 그물로, 어느 작가는 작은 그물을 쳐서 진실의 편편을 건져 올리려는 것이다. 인류의 슬픔을 말하는 대신 어버이를 잃은 소녀의 눈물에 착목着目하고, 여성 일반을 논하기에 앞서 미망인의 고독을 드라마틱하게 묘사하는 등의 작업으로 된다.

과학적 인식은 비정한 논리적 분석이며 정리 작업이다. 그런데 문학은 비정한 논리만으로 세계를 이해할 수 없다고 보고 논리와 더불어 정리情理에 중점을 둔다. 하나의 음식물이 있을 때 과학은 그 영양분을 분석할 수 있으나 맛을 분석하고 검출할 수 없다. 문학은 맛을 만들어냄으로써 인생과 세계를 정리적情理的으로 구성한다는 의미에서 과학과 일선一線을 획劃하고 있다. 물론 과학의 성과에 등한하다는 뜻은 아니다.

종교적 인식은 인간의 주제를 지향하는 인식이다. 당연히 신神, 또는 불佛이 그 중심 문제로 된다. 문학은 이러한 인간의 주제 문제에 무관심할 수가 없다. 그러나 문학적 인식은 어디까지나 상식常識에 의한 인식이며, 상식인을 대표하는 인식이다. 그런 만큼 20세기적 지식, 또는 교양의 검증에 합격할 수 있는 종교가 과연 가능할까를 따지는 심정으로 있는 것이 문학인이다.

종교적 정진에 경의를 표하고 그 정진의 성과를 겸허하게 섭취하기도 하지만, 종교적 정진을 위해 애인을 버리고 처를 버리고 부모를 버리고 입산 수련의 길로, 또는 수도원의 문으로 들어서진 못하는 것이다. 종교를 승인한다면 그곳에까지 가야 한다고 믿는 것이 문학인의 자세이기도 하다. 종교가를 존경은 하되 추종할 순 없다는 문학인이기 때문에 천국을 바라보기보다 범속한 무리와 함께 지옥에 남고자 한다. 물론 종교적 문학이 가능하겠지만 혁명적 문학의 경우처럼 한계가 있을 것이다. 진정한 문학이 혁명문학일 수 없다는 것은 문학적 인식의 근본에 있는 정치에 대한 불신 때문이다. 마찬가지로 종교 문학을 진정한 문학이라고 할 수 없는 것은 종교가 요구하는 신앙이 생명의 의욕을 제약하는 부분이 있기 때문이다. 보다 솔직한 심정을 토로하면 문학이 종교를 대신할 수 있다는 자부가 문학인에겐 있다.

거창한 구원을 내세우지 않고 취약한 생의 실상을 진지한 눈으로 더듬어나가면 다소곳한 대화를 통해 우리의 병든 마음을 치유할 수밖에 없다는 뜻으로 문학은 겸손하게 종교가 못다 한 구원을 은밀한 가운데 의도하고 있는 것이다.

역사적 인식과 문학적 인식은 혼동할 수 있는 부분과 구별해야 할 부분을 가지고 있다.

혼동할 수 있는 부분은 둘 다 문자에 의한 기록이란 사실이고, 구별해야 하는 부분은 역사는 결과에 중점을 두는 데 반하여 문학은 과정에 중점을 둔다는 점이다.

역사가는 정치가를 그 치적으로써 평가하고 기록한다. 문학인은 그 동기로써 정치가를 평가하는 것을 잊지 못한다. 역사가는 성공자와 승리자에게 중점을 두지만 문학은 좌절한 자, 패배한 자를 중시하는 것을 잊지 않는다. 역사가는 나폴레옹을 기록하지만 문학인은 장발장을 등장시키는 것이다.

이와 같이 나는 믿기 때문에 내 자신을 문학인으로서 자처할 수 있는 사실에 커다란 자랑을 느낀다. 동시에 이 자랑이 자랑일 수 있자면 이상과 같은 문학적 인식을 보다 철저하게 해야 한다는 자각 또한 잊지 않는다. 최후의 승리자는 기록자에게 있다. 이것이 나의 신앙이며 신념이다.

이 신앙과 신념이야말로, 그로 인해 결연·순절殉節할 만한 신앙이고 신념이 아닌가.

유머론 서설

서론

유머는 일상생활이며 역사이며 철학인 동시 예술이다. 다시 말하면 유머는 생활에 있어서는 반려, 역사에 있어서는 증인, 철학에 있어서는 지혜, 예술에 있어서는 영감이라고 할 수도 있다.

그런데 유머는 때로는 저속하기 마련인 코미디언의 억지웃음으로 타락할 수도 있고 훈훈한 인간성을 향취로 하는 예술로서 빛나기도 한다. 알 카포네의 홍소哄笑에도 유머가 있고 소크라테스의 생활 태도에도 유머가 있을 때, 그러한 극한과 극한 사이의 무한량한 시야에 망연해선 유머를 말하는 것이 결국 인생을 말하는 것이란 사실을 깨닫고 당황하는 것이다.

유머를 제일의적으로 예술이라고 하면 예술 형성을 위한 객관적인 제약을 주관의 자유, 또는 자의恣意로써 인간다운 권위와 품위를 나타내는 형식으로 극복하고 고양한다. 엄연한 객관적 현상인 달月을 파란 벽지에 꽂힌 압핀으로 묘사할 때 우리는 체호프의 유머를 통해 냉엄한 자연현상마저 인간의 자의에 굴복하고 있는 양을 보고 미소를 짓는다. 정물은 비상할 수가 없다. 그러나 달리의 유머는 모든 정물을 공중에 날게 한다. 조류는 헤엄치지 못하고 물고기는 공기를 견디지 못한다. 그러나 피카소의 새들은 수중에서 헤엄치고 물고기는 조롱 속에서 재잘거린다. 그리고 사람은 코를 머리 위에 이고 다니지 못한다. 그런데 피가로의 만화가는 드골의 코를 드골의 두상에 배치할 수가 있다.

유머는 또 모든 의의와 권위를 부정하는 상대주의적 지혜를 간직하고 우리 자신을 비롯한 모든 존재의 유한성을 자각하고 이 자각에 다른 체관과 구제를 나타내는 초월적인 태도이기도 하면서 현실에 대한 사랑과 겸허의 중점을 두는 정서 있는 현실주의자로서의 면모도 가진다. 그러니 논리적 입장에서 보면 유머는 객관주의로 통한다.

자공이란 제자가 "종평생 행할 수 있는 준칙을 한마디로써 표현하자면 어떤 말이 있겠습니까?" 하고 묻자, 항상 입버릇처럼 '인의예지'니 '문행충신'이니 하는 말을 들먹이고 있던 공자는 "기서호"라고 했다. 우리말로 옮기면 '용서하라'는 뜻이다. 일체의 가치에 객관을 우선시킨 공자는 존재의 유한성을 자각하고 있었고 그 자각이 현실에 대한 사랑과 겸허한 심정으로 나타난 것이다. 이런 뜻에서 공자도 유머리스트 가운데 헤아릴 수 있다.

헤겔은 미의 최고 형태로서 유머를 정립하려고 들었다.

그의 의견에 의하면 유머는 예술의 최종적인 발전 단계라는 것이다. 이와 같은 헤겔의 통찰을 존경한다.

헤겔은 그에게 심취되어 있는 일부 추수자들을 제외한 사람들에겐 학자·비학자 간에 부당한 대우를 받고 있는 사람이다.

"헤겔은 개처럼 거꾸러졌다"라는 신칸트주의의 구호와 더불어 뒤이은 신칸트주의의 팽창에 영향을 받은 사람들은 헤겔을 읽지도 않고 지나쳐버린 경향이 있었고, 칼 마르크스의 '헤겔 비판'을 그 결론적인 부분만을 인용해서 헤겔을 극복한 척 안연하는 경우도 없지 않았다. 심지어는 헤겔의 변증법을 그 정치한 사고의 메커니즘은 사상해버리고 '정반합'이란 형식논리학적 공식만으로 이해하고 있는 그야말로 유머러스한 무리들조차 있다.

그런데 무엇보다도 헤겔의 인기가 조락한 이유는 그가 생존 당시의 프러시아 국가 체제를 이념적으로 긍정한 어용학자라는 평가에 있다. 그러나 헤겔은 이상과 같은 비판에 편편의 진실이 없는 바는 아니나 이러한 비판을 훨씬 넘어선 곳에 그의 철학의 진면목을 가지고 있는 위재다. 이를테면 헤겔의 철학은 위대한 건축, 위대한 성에 비유할 수가 있다. 그러한 성을 구축하는 데 있어서 때로는 조잡한 재료를 졸렬하게 사용한 구석이 없지는 않았지만 총체적으로 보아 헤겔의 철학은 인간의 두뇌가 건축한 것 가운데서 최대의 것에 속한다. 그리고 그 세부를 따져도 냉철한 이지에 인도하고 황홀한 영감을 촉발하는 계기가 풍부하다.

관념론 철학의 집대성으로서, 학學으로서의 철학을 지향하는 사람으로선 순례가 불가피한 성이다. 헤겔이 만든 그 성에 살기를 원하든 원하지 않든 철학에 뜻을 둔 사람으로서 헤겔의 철학을 그저 지나쳐버리면 손해를 입을 사람은 헤겔이 아니고 그저 지나쳐버린 바로 그 사람인 것이다. 아크로폴리스의 신전에 살기를 거절하는 것은 좋다. 그러나 아크로폴리스의 신전을 무시하면 건축학에의 이해는 불구한 점을 남기기 마련이다.

유머의 예술의 최종적인 발전 단계로 본 통찰은 위대한 철학의 대가람을 만든 사고 과정에서의 필연적인 귀결이라고 볼 때 헤겔은 미학에 대한 보다 많은 관심이 있어도 좋지 않을까 생각한다.

헤겔에 관한 설명이 조금 장황하게 된 것은 일반 독자들의 그에 대한 관심이 너무나 희박하지 않을까 하는 사실을 감안해서 헤겔에 대한 주의를 환기시켜보고자 하는 뜻에서이기도 하고 한편 유머를 미의 최고 형태라고 한 그의 통찰에 보다 강한 역점을 두고 싶은 까닭이었다.

사전을 통한 접근

평생을 유머의 연구에 바쳤다고도 할 수 있는 루이 카자미안은 1906년 《왜 유머는 정의할 수 없는가》라는 책을 썼다. 그리고 반세기가 지난 1950년 그는 유머에 관한 연구와 관찰의 집대성인 〈영국에 있어서의 유머의 발전〉이란 논문을 발표했는데 이 속에서도 그는 유머에 정의를 내리는 작업을 포기하고 체관해버렸다. 그러고는 독자들을 《브리태니커백과사전》 초판본(1771)에 인도하고 말았다. 그런데 《브리태니커백과사전》 초판본에서 유머란 항목을 찾아보면 정의 대신 두 개의 참조 기호가 쓰여 있다.

Humour: Fluid(유체)를 보라.

Humour: Wit(기지)를 보라.

말하자면 1771년 판의 《브리태니커백과사전》 편집자들은 유머에 대한 만족스러운 정의를 내리는 일에 절망하고 근사한 의미를 가진 두 개의 유사어를 기술해놓았을 뿐이다(에스카르피 《유머》에서 인용).

1771년에는 정의 또는 설명을 단념한 《브리태니커백과사전》의 편집자들이 현행 사전에는 어떻게 하고 있는가를 알아보는 것은 흥미 있는 일이다. 나는 내가 가지고 있는 1965년 판을 펴보았다. 거기에는 장장 2면을 이의 설명을 위해 사용하고 있다. 유머는 동서고금에 걸친 세계 현상이긴 하지만 그것이 집약적으로 발전한 나라가 영국이고 유머란 말 자체가 영국에서 생명을 얻은 것이며 그 발전 과정의 탐색이 영국의 문헌을 통하는 것이 일단 편리하다는 뜻에서 나는《브리태니커 백과사전》의 설명을 초록해볼 필요가 있다고 느낀다. 다음은 그 초록이다.

유머: 유머는 습기를 뜻하는 라틴어 후모르라는 말로서 그 흥미 있는 경력을 시작했다. 전문적으로 말하면 유머는 체액을 뜻한다. 이 뜻은 부분적으로는 아직 의학 용어로서 남아 있다. 중세 이후에까지 유포된 고전성리학古典性理學에 의하면 체액은 4류로 나뉜다. 혈액·점액·황색 담즙·흑색 담즙 등. 이와 같은 체액의 갖가지 복합도가 사람의 용모·기질·성격 등을 결정한다. 그러니 이상적인 이들 체액이 이상적인 균형으로 조화되고 있다는 뜻으로 된다. ……이 4체액에 대한 이해가 초서, 셰익스피어를 비롯해서 그들 동시대인의 작품을 읽는데 도움이 될 것이다.

르네상스 시대의 이론: 16세기에 있어서의 유머란 말은 평형을 잃은 정신 상태·기분·까닭 모를 자의恣意 혹은 고정관념 등을 나타내는 것으로 확대되고 특수화했다. 이렇게 해서 유머는 희극작가에게 알맞은 주제로서 등장한 것이다.

르네상스 시대 희극의 정통적 기능은 비이성적이고 비도덕적인 행동의 시정에 있었다.

유머의 희극화 이론의 선구적 설명자는 벤 존슨이다. 존슨은 《유머로서의 인간Every Man out of His Humour》이란 책의 서두에서, 성격에 적용되는 말의 뜻으로 유머를 두 종류로 구별했다. 하나는 참된 유머, 하나는 조작된 유머affected humour.

참된 유머란 어떤 인간이 가지고 있는 기질이며, 조작된 유머란 별난 옷을 입는다든가, 별난 말을 한다든가 해서 이상하게 보이게끔 탈선하는 따위의 노릇을 말한다. 이상하게 보이는 짓으로 터무니없는 자랑으로 삼는 것을 존슨은 가차 없이 비난했다. 존슨에 의하면 조작된 유머는 시대와 더불어, 유행과 더불어 바뀐다. 그래서 습관이 된다. 존슨은 '최근의 유머'란 말을 쓰기도 하고 시대와 더불어 사는 인간의 관습이란 말을 쓰기도 했다. 17세기에 있어서의 그의 후계자들은 계속 새로운 유머를 발견했다. 그것을 습관, 또는 풍속에 대한 풍자 희극에 재료로써 제공했다.

18,19세기: 17세기 후기에 이르러 영국은 그들의 코미디가 유머 덕분에 고대의 코미디, 당대 프랑스의 코미디보다 월등하게 훌륭하다고 뽐냈다. 그리고 그들은 코미디 무대가 번창한 것은 국민 생활이 풍부하고 특색 있는 유머를 가진 사람들이 풍부한 때문이라고 했다. 사실 영국은 개인주의와

특색 있는 사람, 광적인 사람의 고향이다. 그래서 기괴한 성격을 가진 햄릿은 그 기괴한 성격이 눈에 뜨이지 않는 영국으로 갔다. 이런 뜻에서 영국은 언제나 훌륭한 유머리스트를 가지고 있었다. 유머에 있어서의 영국의 우월을 설명한 최초의 시도인 《시학》(1690)에서 윌리엄 템플은 다음과 같이 설명하고 있다.

"풍부한 대지, 안정된 정치, 불안한 기후, 이러한 요소는 극단주의자들의 나라를 만들 위험이 있고, 그만큼 불리한 점을 가지고는 있지만 부와 자유, 변화 있는 기후는 화려한 수확을 올린다. 건강·용기·미·천재·착한 인간성, 그리고 유머……."

유머를 어떤 각도에서 보면 그건 '척'하는 조작된 태도가 아니고 자연스러운 국민적인 표현이며, 부유하고 자유로운 인간, 그 장래에 불안이 없는 사람에 대한 찬사가 된다.

《희극에 있어서의 유머》란 책에서 윌리엄 콩그리브는 영국인에 관한 템플의 관찰을 승인하고 조작된 유머와 참된 유머와의 구별을 보다 더 세밀하게 분석했다. 템플의 설은 넓게 유포되어 영국 유머의 다양성은 위대한 영국의 유산이 되었다. 1777년, 어느 작가는 간단하게 참된 유머의 역사를 다음과 같이 요약했다.

"상업과 그의 반려인 자유가 참된 유머란 아들을 낳았다. 그러니 상업과 자유의 숨이 끊어질 때 유머도 예언자의 조언을 바랄 필요도 없이 그 양친과 더불어 무덤으로 간다……."

참된 유머가 생겨난 전통의 계속적 활력은 19세기에도 나타난다. 존 스튜어트 밀은 "각양각색의 성격에 자유가 주어져야 한다. 어느 사회에 있어서의 이상성이란 천재·창의력·정신적 활동·도덕적 용기와 불가분하다"라고 했고, 이 말의 주장을 매슈 아널드는 "마음 내키는 대로 하라"라는 타락적 경향이라고 비판했다.

유머와 위트: 위트는 지적 재담·농담·당의즉묘當意卽妙하는 답의 형이다. 강의하는 데 상등의 방식이며 선악을 꼭 같이 날카롭게 재단하는 무기로서 위험하다. 위트는 본래 공격적이며 왕정 복고기(1660)의 성의 방탕자들과 결부되어 있다. 그들은 선량한 시민들의 안전한 종교·결혼 등, 모든 도덕적·사회적 가치와 품위를 조소한다.

그러니 위트는 본질적으로 영리한 것이기는 하되 정열과 정이 없다는 점으로 문학 형식으로서는 열등하다. 그러니 희극에서는 등장인물의 주장과 행동을 위트와 관련시키지 않는다. 위트를 희극에 도입하면 등장인물 사이의 구별을 모호하게 하는 폐단이 있다. 위트를 표현하고자 지나친 의욕을 가진 작가가 그 위트를 부적당한 장면과 인물을 통하게 하는 실수를 저지르기 때문이다. 콩그리브는 지나친 위트 작가의 표현이긴 하지만 그 자신 위트는 유머의 방식을 닮아야 한다고 선언하고 있다.

유머는 위트와는 달리, 그 힘이 화자話者·시대·장소와 동떨어져 있는 고립된 문장이 아니다. 그것은 인물의 경력, 복합적인 극적 상황 속의 많은 인간들과 관계를 가지고 있는 연관 속에서 힘을 가진다. 그러니 유머는 위트보다 자유롭고 덜 긴장된 인격의 표현이며 시대와 더불어 성장하는 것이다. (중략)

18세기 중엽, 유머는 이미 이상스러운 현상으로도 치지 않게 되어 풍자 작가의 주제로서도 적당한 것으로 되지 못했다. 그저 즐겁고 무사기無邪氣한 것이다. 그러나 가혹하고 격렬하고 풍자적인 위트와는 달리 유머는 호의적이고 관대한 감정을 나타냈다. (중략) 유머는 또한 정념을 감추기 위한 가면이기도 했다.

18세기의 유머리스트: 이 시대 유머리스트는 풍부했다. 조지프 애디슨, 리처드 스틸, 로저 드 커벌리 경, 헨리 필딩의 《파슨 애덤스》, 올리버 골드스미스의 《웨이크필드의 목사》, 로런스 스턴의 《엉클 토비》.

희극의 역사는 자랑스러운 유머가 언제나 존재하는 듯 쓰이고 있지만 셰익스피어, 세르반테스와 그들이 창조한 유머러스한 인물들은 후대에 만들어진 인물들보다 훨씬 훌륭하다.

폴스태프, 돈키호테는 희극적 인물로서 높이 평가되고 있지만 출현한 당시는 단순한 우스갯거리의 취급을 받았다. 전자는 호색하고 거짓말 잘하고 탐식가이며, 후자는 18세기까지는 기사도 얘기를 풍자하기 위하여 만들어진 범인이었다. 그런데 18세기가 되면서부터 폴스태프는 사랑스럽고 무해한 놈팡이가 되고 코미디는 열렬한 박애주의자라는 이미지를 가지게 되었다. 그의 열렬한 행동이 때로는 지나쳐서 우스꽝스럽게 되었을망정 우리들은 그를 보면서 사랑과 연민을 느끼지 않을 수 없다.

이처럼 유머는 18세기의 말기, 19세기의 초두에 와서는 절묘한 순간에 동정과 감동과 밀접한 것으로 되었다는 사실을 발견할 수 있다. 돈키호테 같은 고귀하고 무사한 마음을 가진 사람의 불가피한 실망을 보고 입술에는 웃음을 띠면서도 눈에서는 눈물을 흘린다.

이러한 때 유머는 그 내면, 또는 사회적·우주적 관계 속에서 어느 때는 숭고하고 어느 때는 기묘하기도 한 복합적인 현상으로서의 인간성을 표현한다.

유머는 또 언제나 민감한 감수성 위에 무겁게 내리깔려 있는 인생의 슬픔에서의 구제와 방어도 된다.

19세기 독일 유머: 영국이 유머를 자기들의 독점물처럼 주장하고 있지만 다른 나라도 자기 나름대로 유머는 가지고 있다.

19세기 독일인은 유머에 관해서 결정적이며 엄숙한 철학자가 되었다. 요한 파울 리히터는 영국의 유머리스트, 특히 스턴의 영향을 받은 사람인데 뒤에는 새뮤얼 콜리지, 토머스 드 퀸시, 토머스 칼라일 등 영국인에게 커다란 영향을 준 사람이다. 그는《미학》이란 책에서 희극의 로맨틱 형식으로서의 유머 이론을 전개했다.

리히터는 말한다. 유머러스한 상황의 관찰자는 웃음의 대상에 자기를 주관적으로 일치시키고 그렇게 함으로써 그 대상이 바로 자기일 뿐만이 아니라, 자기도 대상도 그 일부가 되어 있는 전 인류라는 것을 알아야 한다. 유머는 개인을 파괴하는 것이 아니고 무한과의 대조가 되는 유한을 파괴하는 것이다. 이러한 입장에서 유머는 어떤 개인의 우열함을 들추어내는 것이 아니고 우열한 세계의 우열만을 들추어낸다. 그러니까 우리는 관대하게 견딜 수가 있다. 그러나 유머가 무한한 세계를 이 작은 세계와 더불어 계산하고 연결하려고 할 때 거기에는 웃음이 터져 나온다. 그러한 곳에 위대함의 고통이 있다.

현대의 유머: 19세기의 유머는 희극의 풍부한 형식으로 높아졌다. 우스운 일, 희극적인 것만 있으면 유머란 일반용어로서 통할 수 있을 만큼 되었던 것이다. 그리고 유머리스트란 말은 19세기까지는 희극 자체의 무의식적인 주제에까지 쓰인 말이었는데 지금은 희극 기술에 의식적으로 숙달한 사람에게만 쓰이게 되었다. 동시에 유머란 말은 희극을 보고 감상할

줄 아는 능력에 쓰인다. 물론 이 말은 희극이라는 특수 분야에 다양하게 쓰이고 있기는 하나 18세기와 20세기의 역사가 남겨놓은 것을 제외하면 좁은 의미밖에는 현재 가지고 있지는 않다.

나쁘게 말해서 지금 유머의 관념은 그로테스크한 것과 정념적인 것의 무의미한 잡탕이 되었고 기껏 인간의 선에 대한 포부에 브레이크를 걸고 인간의 약점과 그 포부의 불일치를 보는 눈으로 되었다. (중략)

20세기에 와서 유머는 희극의 분야에서도 무조건 그 우월성을 차지하지 못한다. 희극에 대한 끊임없는 연구는 초기 작가들에 관한 18, 19세기의 해석을 거절하고 많은 비평가들의 관심은 유머의 관중에게 주는 정념을 2차적인 것으로 하고 그 구조적 분석으로 쏠렸다. …… 그리고 18, 19세기의 사람들이 유머라고 한 것을 지적으로나 정적으로나 덜 세련된 것으로 본다.

18세기와 19세기에 있어서의 노력을 문학사에 있어서 불행한 과오라고 보는 경향이 있는 이들 비평가들이 소생시켜 이를 위대한 시작에서 발견되는 이지와 감정의 위트를 융합을 표현하기 위해 사용하고 있는 사실은 주목해야 할 일이다.

《브리태니커백과사전》의 설명은 체액으로서 비롯한 유머라는 말이 체액 이상으로 우리의 생활에 불가분한 관계를 가지게 되어 철학의 영역, 예술의 영역으로 전개되고 심화되어간 양상을 요령 있게 요약하고 있다. 그러나 역시 정의는 없다.

"생명을 정의할 수는 없다. 그 생태와 생리를 기록할 수 있을 뿐"이라는 말이 이 경우에도 해당될지 모른다. 《브리태니커백과사전》을 읽으면 유머가 특수한 경우를 제외하고는 영국적인 현상인 것처럼 착각을 일으킨다. 그러나 영국의 영향을 조금도 받지 않는 갖가지 문학 가운데도 유머리스트라는 이름에 적합한 작가들이 더러 발견된다. 이탈리아에 있어서의 보카치오, 스페인의 세르반테스, 독일의 그리멜스하우젠, 프랑스에서는 프랑수와 비용, 라블레, 몰리에르, 볼테르, 뮈세 등 헤아릴 수 없이 많다.

프랑스의 유머

다음은 프랑스에 있어서의 유머의 의미를 간추려보기로 한다.

유머라는 말이 프랑스에 들어간 것은 1725년이다. 볼테르는 1761년 4월 21일 올리비에 신부 앞으로 다음과 같은 편지를 쓰고 있다.

> 그들은 그 농담, 그 희극, 그 쾌활함, 꾸밈도 없이 흘러나오는 기지를 표현하기 위해서 하나의 말을 가지고 있다. 그리고

> 그들은 그들만이 그러한 체액을 가지고 있다. 타 국민들은 이러한 성질의 기지를 나타내는 말을 가지고 있지 않다고 생각하고 있다. 그러나 그것은 코르네유의 몇 개의 희극 속에서는 그러한 뜻으로 쓰인 프랑스의 옛말인 것이다.

그러나 유머라는 말이 프랑스에서 뚜렷한 윤곽을 가지기 위해서는 18세기 말 스탈 부인의 통찰을 기다려야만 했다.

> 영어는 어떤 종류의 피血의 경향인 쾌활함을 표현하기 위해서 유머란 말을 창조했다. 피의 경향이라고 하지만 정신의 경향과 거의 마찬가지다. 그 쾌활함은 자연과 풍속과 밀접한 관계가 있다. 그건 전혀 흉내를 낼 수도 없는 것이어서 같은 원인이 있다고 해도 발전시킬 수 없는 것이다. …… 그건 쾌활 속의 슬픔이라고도 하고 싶을 정도다. 당신들을 웃기는 사람 자신은 자기가 뿌린 기쁨의 씨앗을 알지 못한다. 그는 우울한 기분으로 글을 쓰고 있는데 그것을 읽고 여러분들이 기뻐한다고 생각하면 성을 낼는지도 모른다. 무뚝뚝한 태도가 때로는 칭찬에 묘미를 더하는 수가 있는 것처럼 쾌활한 농담은 저자가 근엄할수록 선명하게 눈에 뜨인다. …… 영국인들이 교묘하게 묘사한 것은 변태적 인간들이다.

리트레가 사전에 유머란 말을 채택한 것은 1865년이다. 리트레의 사전은 이렇게 설명한다. "아카데미 프랑세즈에서 채용되지 않는 신어新語. 상상력의 쾌활함과 혈통을 표시하는 영어"라고.

프랑스에 있어서의 유머는 풍자화를 통해서 번창했다. 이 움직임의 으뜸이 《르 카나르 앙셰네쇠사슬에 묶인 오리》라는 신문이다. 이 풍자지는 프랑스어를 풍부하게 하고 논적論敵도 경의를 표하는 유일한 신문이 되었다. 법률도 이 유머를 무시하고는 아무것도 하지 못하고 어떠한 정체政體도 이 신문의 유머를 무시할 수 없다.

석학 베르그송은 1899년 《웃음》이라는 책 속에서 유머를 논하고 있다. 그러나 유머에 관한 사고의 문을 결정적으로 개방한 것은 철학자들이 아니고 시인들이다. 유머라는 야누스로마신화에 나오는 두 개의 얼굴을 가진 신를 고찰할 때 어떤 사람은 거기에서 어두운 철학의 그림자를 보는데 어떤 사람들은 미소를 발견하는 것이다. 막스 자코브는 이 시인들의 선구다. 그는 유머를 다음과 같이 정의한다.

> 갖가지의 감동을 감싸곤, 답하지 않고 답하며 상대방에게 상처를 주지 않고 상대방을 기쁘게 하는 광휘다(에스카르피의 《유머》에서).

단편斷片을 통한 접근

유머란 말은 1,000년 이상 되는 서구 문명의 무게를 내포하고 있는 말이다. 그러니 이런 문제를 이상과 같이 조사해 구하는 것은 이 소고가 견디어나갈 일이 아니다. 표본적이라고 생각되는 유머의 몇 가지 예를 소개하고 서구에 있어서의 유머의 개념을 윤곽으로나마 밝혀보고자 한다. 유머를 바탕으로 한 작품의 소개가 필요하겠지만 필자 역량의 부족으로 감당할 바가 못 된다.

예 1. "영국 노동당의 진짜 창시자가 누굴까?" 하는 토론이 벌어졌다.

곁에서 듣고 있던 윈스턴 처칠이 "그건 콜럼버스지" 하고 말하자 일동은 놀란 표정을 하며 처칠을 보았다.

처칠이 말을 이었다.

"생각해봐요. 콜럼버스는 출발할 때 어디로 갈 것인지 알지 못했습니다. 도착했을 때도 어딘지 몰랐습니다. 게다가 출발해서 돌아올 때까지의 비용은 전부 남의 돈으로 했거든요……."

(싫어하는 노동당에 대한 익살. 그러나 이런 익살엔 독기가 없다. 유머는 이런 종류의 익살이라는 좋은 예라고 생각한다.)

예 2. 지금은 실각한 흐루쇼프 전 소련 수상이 다음과 같은 얘기를 해서 만좌를 폭소시킨 일이 있다고 한다.

“어느 소련 사람이 흐루쇼프는 바보다, 흐루쇼프는 바보다” 하고 고함을 지르며 크렘린 궁전 앞을 지나갔다. 그 사나이는 체포되어 23년의 금고형을 받았다. 3년은 당서기 모욕죄에 대한 형이었고, 20년은 국제 기밀 누설죄에 대한 형이다.

(자기를 비하하면서 남을 웃기는 화술. 그러면서도 속악하지 않다. 유머는 이런 유의 화술이라는 좋은 예.)

예 3. 이탈리아인과 유태인이 제각기 선조의 자랑을 하고 있었다.

이탈리아인: 이번 로마의 유적을 파고 있었더니 녹이 슨 동선이 나왔다더군.

유태인: 그게 어쨌단 말인가?

이탈리아인: 우리들 선조가 그때 벌써 전화를 발명하고 있었다는 증거란 말이다.

유태인: 며칠 전 우린 예루살렘을 발굴했는데 아무것도 나오지 않더라.

이탈리아인: 그럴 테지.

유태인: 당신 무슨 소릴 하는 거야? 우리들 선조는 벌써 무선전화를 발명하고 있었단 말이야.

(터무니없는 나라 자랑. 이와 비슷한 경우에 대한 풍자도

유머의 일종이 된다는 좋은 예.)

예 4. 조지 5세와 메리 왕후가 가축의 품평회에 참석했다. 회장의 중앙에 큰 수소가 서 있는 것을 보고 왕후는 "저 소의 특별한 점이 무어냐?"라고 물었다.

계원이 "하루에 42회 교미를 합니다" 하고 대답했다. 왕후는 고개를 끄덕이고는 "그런 특징을 폐하에게도 명백하게 알리도록 하라"라면서 그 소에게 상을 주었다.

계원은 곧 무슨 까닭으로 왕후가 그 소에게 상을 주었는가를 조지 5세 폐하에게 아뢰었다.

왕은 잠깐 놀란 표정이더니 "암소 한 마리와 그렇게 하는 것이냐?"라고 물었다.

계원은 "아니올시다. 42마리의 암소를 상대로 하는 것입니다" 하고 답했다.

왕은 자못 만족스런 표정으로 말했다.

"그런 사정을 왕후에게도 명백하게 말씀 올려라."

(가벼운 음색을 띤 얘기도 유머의 일종이라는 좋은 예.)

예 5. 두 유태인이 공원의 벤치에 앉아 있었다.

유태인 갑: 세상은 사회주의 방향으로 돌아가는 모양이냐?

유태인 을: 그런가 보더라.

유태인 갑: 그러니까 말이야. 네 말 두 마리가 있으면 내게

한 마리 줄래?

유태인 을: 주고말고.

유태인 갑: 그럼 돼지 두 마리가 있으면 한 마린 날 주지?

유태인 을: 주고말고.

유태인 갑: 그럼 너 닭이 두 마리 있으면 한 마린 내게 주겠네?

유태인 을: 그건 안 돼.

유태인 갑: 왜 그런가?

유태인 을: 말이니 돼지니 하는 것은 내가 갖고 있지 않지만 닭은 지금 내가 두 마리 가지고 있거든.

(진실이라고 할 수는 없으나 시대 풍조에 대한 풍자는 있다. 이것도 유머의 일례가 된다.)

예 6. 독일의 어떤 비어 홀. 손님이 반쯤 비운 잔에서 한 마리의 파리를 꺼내 들고 보이에게 호통을 쳤다.

"애, 이게 뭐냐?"

보이는 황송해서 몸 둘 바를 몰랐다.

"죄송합니다. 곧 다른 것으로 가져오겠습니다."

그래 놓고 보이는 황급히 안으로 뛰어 들어갔다. 손님은 들고 있던 파리를 재떨이에 버렸다. 이것을 시종 보고 있던 옆자리의 손님이 그 손님의 잔도 반쯤 비어 있었는데,

"실례합니다. 선생님, 그 파리 소용이 없습니까?"

(있지는 않아도 있을 수 있다고 생각이 되는 시정의 소화笑話. 이러한 것도 유머의 일종이 된다.)

예 7. 007의 제임스 본드에 관해서 어느 평론가가 이러한 말을 했다.

본드는 본질적으로 배신자의 성격을 가지고 있다. 대금과 술과 여자를 준다고 약속하기만 하면 그는 곧 모스크바의 편으로 전신할 것이다. 말하자면 본드의 성격에는 매춘부의 피가 흐르고 있는 것이다. 그가 알고 있는 것은 사랑이 아니고 기교다. 그에게 있어서 문제가 되는 것은 왜 죽이느냐가 아니고 어떻게 죽이느냐 하는 것이고 여자를 유혹해야 하나, 안 해야 하나가 아니고 언제 유혹하느냐에 있다. 그러니까 현대의 영웅이 될 수 있는 것이다. 두 시간으로 끝나는 영화의 주인공으로서는 꼭 알맞은 성격이다. 그러나 60년 인생극의 주인공의 성격은 못 된다. 이것이 현대의 비극이다.

(이 얘기에는 날카로운 문명 비평이 있다. 그런데 본드와 같은 영화극의 주인공을 통한 발언이라는 데 유머로서의 근거가 있다.)

예 8. 리히텐베르크의 말이다.

"당신들이 마음이라고 부르고 있는 것은 조끼의 제4 단추보다 훨씬 밑으로 붙어 있다."

특히 남자의 경우는 그렇다. 어느 댄스 파티에서,

"아가씨, 젊은 남자들의 몸에 착 붙은 바지에 대한 감상은 어떻습니까?"

하고 물었더니 쾌활한 숙녀의 대답은 이러했다.

"춤을 추면서 여러분들이 무엇을 생각하고 계시는 걸 알 수 있어요. 퍽 유쾌하네요."

또 이런 경우가 있다.

"서로 안 지 한 시간도 채 못 되었는데 내 마음을 바라세요?"

"아닙니다. 부인, 저는 그런 높은 것을 바라진 않습니다."

(약간 경박하지만 남녀 교제의 실상의 그 언저리를 찌른 점으로 유머일 수 있다.)

예 9. 페르시아의 젊은 정원사가 왕자를 보고 말했다.

"오늘 아침 사신死神을 만났습니다. 저를 보더니 위협하는 몸짓을 하지 않습니까. 살려주십시오. 이곳은 위험하니 오늘 밤 안으로 멀리 아스파한까지 도망을 쳐야 하겠습니다."

마음이 좋은 왕자는 자기의 말을 빌려주어 그 정원사를 아스파한까지 도망치도록 도와주었다. 그날 오후 왕자는 사신을 만났다. 그래서,

"오늘 아침 왜 정원사를 위협했느냐?"

라고 물었다. 그랬더니 사신의 대답은 이러했다.

"위협한 것이 아니라 놀랜 겁니다. 아스파한에서 이렇게 먼

곳까지 와 있어서 말입니다. 사실은 오늘 밤 그놈을 아스파한에서 붙들기로 되어 있었거든요."

(운명에 대한 이러한 우화도 표현의 방식에 따라 유머가 된다는 예.)

예 10. 에로티시즘과 남성의 성적 적극성, 여성들의 수동을 가장한 유혹술을 무슨 나쁜 짓의 표본처럼 논의하는 사람이 많지만 그러한 행동이 그 사람들이 꾸미고 있는 바로 그 정도로 사실상 저하한다면 인류는 원자폭탄을 가지지 않고 멸망할 뿐이다(이토 세이伊藤整).

(아포리즘도 비유의 묘를 얻으면 위트의 요소를 유머로서 살릴 수 있다는 좋은 예.)

예 11. 다음은 시드니라는 시인의 말이다.

여자의 말로서 "아니에요" 하는 것은 반드시 부정이랄 수는 없다. 뿐만 아니라 "예"라는 말도 반드시 긍정적인 답은 아니다. 이러한 여자의 언어학을 이해할 수 있을 때 비로소 어른이 된다. 여자는 무엇을 생각하고 있는지 도대체 알 수가 없다고 말하는 남자가 있다. 남자 편이 머리가 나빠서 그럴 경우도 있겠지만 그럴 수밖에 없는 경우도 있다. 여자가 참으로 무언가를 생각하고 있으면 이편에서 추리라도 할 수 있겠지만 도통 아무것도 생각하고 있지도 않는데 아무리 추리해보아도 알 턱이 없는 것은 뻔한 일이 아닌가. 쓸데없는 노릇이다.

(인생의 기미를 포착한 아포리즘이 유머가 될 수 있다는 하나의 예.)

이상의 예를 통해서 서구적인 유머, 그 빙산의 일각을 더듬어보았다. 문자 그대로 빙산의 일각인 것이다. 유머의 영국적인 어의로서는 이상은 유머라기보다 유머적인 단편일 뿐일는지 모른다. 서구 현대의 유머는 올더스 헉슬리의 《가자에서 눈이 멀어》, 제임스 조이스의 《율리시스》, 사르트르의 《구토》, 카뮈의 《이방인》, 여기에다 지로두, 오즈번 등의 작품을 감상·분석하는 본격적인 작업을 통해서 겨우 그 접근이 가능할 것이다. 그러나 나는 현재 이상의 예를 통해서밖에는 서구의 유머를 설명할 수단을 가지고 있지 못하다. 대강 이와 같은 개념을 발판으로 동양의 유머에 대한 접근을 시작할 수밖에 없다.

동양의 유머

풍부한 대지, 안정된 정치, 변화 있는 기후, 그리고 다양한 인간들을 가졌다는 점으로 영국은 독특한 유머를 성장·발전시켰다고 했다. 또 상업과 자유가 유머의 양친이라고도 했다. 영국의 유머가 정 이런 조건으로서만 가능했고 유머란 영국적인 풍미를 띠어야만 존재 이유가 있는 것이라고 우긴다면 동양, 특히 우리나라에서 유머를 찾는다는 것은 나무에서 물고기를 구하는 격이 되고 만다. 그러나 우리는 유머라는 말을 막연한 기분으로서 사용해왔고 그 나름대로 우리의 과거, 그리고 현재의 주변에 유머를 발견하며 살아왔다. 강남의 귤을 강북에 심으면 탱자가 될망정 꼭 같은 감귤류임에는 틀림이 없듯이 영국에 영국류의 생활이 있다면 동양에도 동양류의 생활이 있다. 생활이 있는 곳에 유머는 있기 마련이다. 그리고 우리가 유머란 말을 원어 그대로 쓰고 있는 데는 이유가 있다. 유머에 대치할 수 있는 말로서 해학, 또는 골계滑稽라는 말을 준비하고 있지만 그 대응도가 프레지던트를 왕이란 말로 번역했을 때와 유사한 의미 차가 있다는 것을 알고 있기 때문이다. 그러나 엄격할 수 없는 처지에서 유머를 그 본연의 의미와 더불어 해학이나 골계의 뜻을 포섭한 말이라고 치고 얘기를 진행하지 않을 수 없다.

역사상, 특히 기록상에 나타난 동양의 유머는 대개 각박한 사정 속에서 웃음을 동반하지 않고 등장한다. 모든 유머가 웃음과 일치할 수는 없다는 에스카르피의 시사는 동양의 경우에 더욱 적절하다.

자로子路는 목을 끊기어 죽는다. 그런데 죽기 직전 갓끈이 끊어졌다. 그는 "군자는 의관을 정제해야 한다"라면서 조용히 갓끈을 다시 매었다. 나는 이것을 동양적 유머의 어떤 상징적 일

면으로 본다. 장자의 유머도 역시 어둡다. 그러나 유머는 역시 유머다. 동양의 유머를 집성한 고전으로서는 사마천의 《골계열전》을 들 수 있는데 그 속에 등장하는 유머리스트들은 거의 각박한 정황 속에서의 유머리스트들이었다.

순우곤淳于髡은 음락장야淫樂長夜의 연宴을 치고 국사를 돌보지 않는 왕을 간하기 위해 은어(유머)를 사용했고, 우맹優孟은 친구의 아들을 구하기 위해 유머러스한 언동을 했고, 우전優旃은 진시왕의 비위를 살피며 스스로의 용신을 꾀했고, 곽사인郭舍人은 무제의 유모를 구하기 위해 엉뚱한 언동을 꾸몄다. 이 모든 언동은 유머리스트들다운 유머였지만 모두 실용을 목적으로 하고 있었다. 웨이크필드의 목사가 모처럼 좋은 그림을 그리게 해놓고 그림의 크기를 고려하지 않았기 때문에 부득이 부엌 벽에 걸어놓고 이웃 사람들의 조소를 사는 따위의 한일월閑日月의 정경과 다른 것이다.

《골계열전》의 유머리스트들을 아일랜드를 위해 헌신한 《걸리버 여행기》의 작자 스위프트와 비교할 수 있을는지 모른다. 그 뜻은 '열전' 속의 유머리스트, 특히 동방삭 같은 3,000매의 간독簡牘을 쓴 필력을 가진 사람이 스위프트 당시의 영국에 태어났더라면 무제 곁에서 피에로 노릇 같은 짓을 하지 않고 《걸리버 여행기》에 필적하는 대작을 후세에 남겼을지 모른다는 데에 있다.

그런데 예술, 희극으로서 나타난 유머에 있어서 중국은 영국에 대해서 손색을 느끼지 않는다고 주장할 수도 있다.

중국의 희곡은 12세기 육조六朝의 말기에서 시작했으나 연극의 형식적 의미를 가진 것은 당대의 참군희參軍戱에서 비롯했다. 이것은 골격 문답을 주로 하는 것인데 송대에 이르러 참군희는 일층 진보해서 골격 문답의 전통을 확립했다.

원곡《구풍진》의 작가 관한경關漢卿은 셰익스피어보다 300년 앞인 13세기의 작가다.《구풍진》에는 주사周舍라는 등장인물이 있다. 만일 셰익스피어와 같은 나라였더라면 그의 팔스타프는 관한경의 주사를 원형으로 한 것이라고 말할 수 있을 만큼 성격이 닮았고 희극적 인간상으로서 거의 완벽에 가깝다. 주사의 첫 대사는

> 30년 주육에 빠져
> 여운女運이 좋길 20년
> 신탄薪炭과 쌀값은 모르지만
> 주색의 밑천 때문에 고생이로다.

이렇게 시작하고 2막에 가서는 이런 대사가 있다.

> 나는 주사, 말을 다루는 솜씨는 여간 아닌데 당나귀의 등에서 넘어지다니, 이런 계집을 마누라로 삼으려고 내 혓바닥 반이나 깎아놓고 겨우 얘기는 성립했다. 그래 지금 여자를 가마

에 태우고 변경汴京을 떠나 정저우鄭州까지 왔다. 그 계집의 가마를 앞에 보내놓는 것은 젊은 놈팽이들이 "주사가 송인장宋引章을 마누라로 얻었다"라고 놀리지나 않을까 해서였는데, 보니 가마가 흔들흔들, 가까이 가서 가마 메는 놈들을 한 대 치고 "가면 가는 거지 왜 가마는 흔드는 거냐?"라고 했겠다. 젊은 놈들 말하길 "저희들 탓이 아니올시다. 가마 안에서 마나님 뭣을 하시는가 보시구려." 가마의 주렴을 올려놓고 보았더니 계집년이 홀딱 벗고 춤을 추고 있지 않은가. 집엘 가서 이불을 만들어놓으라고 해놓고 방에 들어갔더니 이불이 침대보다도 높지 않은가. "이년 어딜 갔을까?" 하고 고함을 질렀더니 이불 속에서 "여보, 나는 이불 속에 있어요" 하더란 말이야. "왜 이불 속에 있느냐?"라고 물었더니 "이불에 솜을 넣다가 나까지 같이 꿰매버렸어요" 몽둥이를 들고 때리려고 하니 "여보, 나를 때리는 건 좋지만 이웃집 왕파王婆는 때리지 마시오." 그래 내가 말했지. "흠, 이웃집 할머니까지 같이 꿰매버렸군."

요약하면 놈팽이 남편과 바보 같은 마누라, 거기다 수다스런 이웃들이 곁들어 유머를 엮어 내려간다.

이와 같이 중국의 희극은 그 성질은 물론 다르지만 서양의 희극에 못지않는 유머의 전통을 가지고 있다. 뿐만 아니라 연애극 또는 사극이라는 극을 성립시키는 요소로서 반드시 골계 풍자의 부분을 갖추어야 한다는 견식이 극의 시초부터 있었다는 것은 놀랄 만한 사실이다.

우리는 또 중국의 대작가 루쉰魯迅을 간과할 수는 없다. 그의 대표작 《아Q정전阿Q正傳》은 진정한 의미에서 유머에 철徹한 작품이다. 나는 《아Q정전》을 비롯한 일련의 작품을 대할 때 요한 파울 리히터의 의견을 상기한다. "유머러스한 상황의 관찰자는 웃음의 대상에 자기를 주관적으로 일치시키려 한다"라고 리히터는 말했는데, 그것이 작품일 경우에는 작품 자체의 내적인 인력이 작용해야만 대상과 자기와의 일치가 이루어지는 것이다. 루쉰의 《아Q정전》을 읽고 대부분의 독자는 자기 속의 '아Q'를 느끼고 '아Q' 속에 자기를 느낀다. 그건 리히터의 산법을 빌리면 '아Q'의 우열을 들추어낸 것이 아니라 자기의 우열, 인류의 우열을 들추어내었다.

루쉰은 유머를 독점물로 알고 있는 영국의 작가들이 기도해 보지 못했던 가장 현대적인 의미에 있어서 유머의 철학화, 유머의 예술화를 완수한 사람이다. 그러나 동양적인 각박함은 여기에도 낙인처럼 찍혀 있다. 슬픈 유머의 미학이 여기에 씨앗을 뿌렸다. 하지만 루쉰 이후 그 씨앗을 가꾸어 키운 대재大才를 발견하지 못하는 것은 참으로 슬픈 유머적 상황이다.

루쉰을 들먹이기를 꺼리는 풍조가 이 나라에 있다. 그가 중국의 작가이고 오늘의 중공이 그를 숭배하고 있기 때문이라고 해석한다. 그런데 나는 루쉰에 관한 문헌을 입수할 수 있는 데까지 입수해보았지만 중공의 견강부회적 문서 이외에서 루쉰이 공산주의자적인 적이 없었고 하물며 공산당원 또는 이에 유사한 조직에 가담한 적이 없었다는 것을 확인할 수 있었다. 그는 부정과 불의를 미워하고 진정한 뜻에서 중국 백성의 벗이 되려고 각고면려한 민족주의자, 문학자였다. 진상 또는 실상을 모르고 중공이 좋아하는 인물이라는 그 점만으로 루쉰을 소원하게 한다는 것은 소련이 베토벤을 좋아하니까 베토벤을 버려야 한다는 지극히 졸렬한 논법의 포로가 되는 것이다. 민족정신·민주정신·문학정신의 영양이라는 관점에서 루쉰은 널리 읽혀야 하고 깊이 연구되어야 할 줄 믿는다.

한국의 경우는 어떨까. 나는 서툰 조감도를 서둘러 만드는 것보다 동호 학자와 작가들의 노작을 기다리는 것이 좋으리라고 생각한다. 다만 결론적인 느낌으로써 말하면 예술로서의 유머는 한국의 고대, 현대의 문학을 통해서 볼 때 벌거벗은 한국의 산을 닮았다는 것이다. 시정인市井人, 또는 생활인으로서는 비교적 유머의 센스가 풍부한 민족인데 유머를 예술로서 성숙시키지 못한 이유가 어디에 있을까 하는 물음이 중요하리라 생각한다.

문학의 이념과 방향

보살은 산스크리트어로 보디사트바Bodhisattva로 보리살타菩提薩埵를 줄인 말이다. 쉽게 말해 '보디'는 각覺을 이루고 도道를 구하려는 마음, 또는 '각'과 '도' 그것이고, '살타'는 용맹하다는 뜻이다. 즉, 용맹하게 용감하게 '보디'를 구하는 사람을 '보살'이라고 한다. 다시 말하면 진리를 탐구하고 체현하려는 데 진지하고 성실한 사람을 말하는 것으로 된다. 그런 뜻에서, 학생이면 그 성실과 정진의 도度에 따라 모두가 보살로 되는 것이다.

그런 까닭에 보살이 추궁하는 문학의 이념과 방향이라면 그것은 문학인이 추궁하는 방향으로 되는 것이다. 진정한 문학인은 그가 신봉하는 주의主義와 종교가 어떠하건 보살심菩薩心을 가진 보살이어야 하기 때문이다.

보살을 이렇게 광범위하게 해석해서야 되느냐고 반론을 일으킬 사람이 있을지 모르나, 원래 불도佛道는 무상심심미묘법無上甚深微妙法인 것이다. 이를 확대하여 끝나지 않은 것이며, 이를 파고들어 추궁함에 있어야 다할 수 없다는 뜻에서 그렇다.

다만 경전의 해석에 있어서 되도록이면 실행된 스승의 준칙을 따른 것이 시간과 정력의 낭비를 적게 한다는 교훈만은 소홀히 할 수가 없다. 이를 확대·심화할 수 있다고 해서 전연 그것이 무원칙한 것은 아니기 때문이다.

보살이 추구하는 문학의 이념과 방향은 어떠해야 하는 것이냐 하는 것은 제기해볼 문제이다.

경經, 율律, 논論, 삼장三藏을 전부 불교문학이라고 못할 바는 아니지만 불도는 문학이 노리는 것과는 또 다른 차원의 부분을 포함하고 있는 것이고, 문학 또한 특히 현대문학의 개념에 있어서의 문학은 불도의 차원에서 벗어나는 영역을 가지고 있는 것이어서, 그 합일점과 분기점을 살펴보는 것이 첫째로 중요한 일이다.

문학은 보다 인간적인 진실, 나아가 인간의 궁극적인 행복이란 뭣일까, 이에 이르는 지혜가 무엇일까 하는 점에서 불도와 합일한다. 설혹 문학이, 인간의 행복은 끝끝내 불가능한 것이라고 증명할 경우에 있어서도 행복에의 동경을 포기할 수 없을 때 불도의 테두리 안에 있게 되는 것이다.

그런데 불도와 문학의 분기점은 다음과 같은 사실에 있다. 불도는 반야지般若知를 추구한다. 반야지란 지순至純한 지혜를 말한다. 불구부정不垢不淨, 색심불이色心不二, 불생불사不生不死의 초월적인 지혜, 시방세계十方世界를 무無로 관조하여 영생불멸의 지혜를 정립定立함으로써 열반에 지복至福을 거는 정신적 사상, 즉 묘체妙諦인 것이다.

그런데 문학이 지향하는 것은 어디까지나 세간지世間智이다. 다시 말하면, 희로애락에 집착하고, 색욕·물욕에 사로잡혀 있는 인간의 번뇌를 번뇌 그대로 긍정하고, 그 긍정 속에서 인간의 진실, 인간의 실상을 찾으려는 노력이다. 따져 말하면 현대문학의 방향은 초월을 거부하고, 지순한 지복을 부인하여 망집妄執 인물을 알면서도 그 망집을 통해 인간의 실상에 박도하려고 하는, 다시 말해 어떠한 고뇌도 그것을 인간적이란 것으로서 감내하려는, 그러고서 미의식美意識을 통해서만의 구제를 희구하는 일종의 비원悲願인 것이다.

예컨대 불도인은 유독한 술잔을 든다. 불도인의 목표가 묘체에 있고, 문학인의 목표는 망집에서 벗어나지 않고 그저 비원만을 가지고 있는 것이라고 할 것이다.

이럴 때 현대의 보살은 어떠한 문학을 지향해야 할 것인가?

세간지를 섣불리 극복하려 들지 말고 끝끝 세간지의 양상과 내용에 집착하여 그 극한에서 묘체를 얻도록 하는 미적인 공락이 있을 뿐이 아닌가 하는 생각을 해본다. 진여眞如의 상황을 증류수에 비교한다면, 증류수를 얻기 위해서 물을 비등케 해야 하는 것이다. 이 비등의 절차에 있어서, 반야지를 향한 정진과는 달리, 망집에 스스로를 불태우는, 그 불길을 이용해야 된다는 뜻이다. 즉 정진을 통해 스스로를 진여의 각자로서 온존하는 방법을 택할 것이 아니라, 자기 자신을 연료로 하여 스스로는 재가 되고, 진여의 일례만을 남기는 살신의 이법이 필요하다고 하겠다.

그러지 못할 때 보살은 '무상심심미묘법'을, 그것이 무상無上인 까닭, 그것이 '심심甚深'한 까닭, 그것이 '미묘법微妙法'인 까닭을 감동적으로 묘사하는 설화문학을 노릴 뿐이다.

그러나 지금 시대는 불법을 가장 필요로 하면서도 불법과는 멀어져가는 애타는 사정에 있다. 이 애타는 사정에 불법만으로 대처할 순 없다. 인류를 일시에 파멸시킨 파괴력을 가지고 있는 시대에 앉아 불법의 홍통弘通만을 기다릴 순 없는 것이다.

그런 까닭에 날카로운 비판으로서의 문학이 등장해야만 한다. 현대의 보살이 추구하는 문학은 이 임무를 감당할 각오를 가져야 마땅하다.

불법이 그 자체를 위해서도 불법 이외의 방법을 요구하는 시대가 도래했다고 느끼고, 보살은 스스로를 희생할 각오를 다져야 한다. 그러지 못하고선, 오늘날의 의미에 있어서의 문학을 보살과 결부하여 문제 설정할 필요가 없다고 나는 통감하는 것이다.

그런 뜻에서 나는 불교적 입장에 있어서의 문명 비평이 성행되어야 한다고 믿는 사람이다.

그 문명 비평의 첫째는 철학 비평이다. 서구의 철학이 오늘날 세계관으로선 파산 지경에 있다는 것은 그들 자신이 고백하고 있는 그대로다.

유심론은 과학의 발달에 의해 빈혈 상태에 빠져 있고, 유물론은 유심론적인 원로가 없으면 그 결론을 감당 못 할 처지에 놓여 있다. 이러한 철학의 생리와 병리를 조명하는 역할이 불교의 철학이 되어야 할 것이며, 그러한 능력을 충분히 갖추고 있는 것이 또한 불교이다. 그 심심한 지혜를 사장해둘 것이 아니라, 서양의 방법을 대담히 섭취하여 현대적인 체계로 정비하여 이윽고 서양철학을 구제하는 노력이 시급하다.

불교적 문명 비평의 다음은 과학 비판이다.

인류의 행복과는 동떨어진 거리로 독주하고 있는 과학을 어디까지나 인간의 행복을 중핵中核으로 해서 비판적으로 그 궤도를 수정해야 할 책무가 불교에 있다.

이렇게 볼 때 보살의 문학은 이러한 책무의 이행을 내내 대외적으로 자주 고무하는 작용이 될 수밖에 없다.

다시 거듭하거니와 이러한 문제의식을 갖지 못한다면 보살과 문학과를 굳이 결부할 필요가 없는 것이다. 나무아미타불, 관세음보살!

《죄와 벌》에 관해서

도스토옙스키와의 만남

도스토옙스키와 나와의 만남은 《죄와 벌》에서 비롯된다. 내가 이 작품을 처음으로 접하게 된 것은 중학 2, 3학년 때가 아닌가 한다.

일본 가이조샤 판의 세계문학전집 가운데의 한 권이었는데, 역자는 노보리 쇼무昇曙夢라고 기억한다.

나는 그것을 탐정소설로서 읽었다. 가난한 대학생이 전당포 노파를 도끼로 찍어 죽이곤 끝내는 경찰에 붙들려 감옥살이하는 동안 회개한다는 얘기로서 받아들인 것이다. 그러나 탐정소설로서는 그다지 스마트하지 않다는, 그것만은 아닐 것이란 느낌도 동시에 가졌지만, 이 작품을 내 나름대로 소화하기에는 나의 감수성과 독해력이 부족했던 것이다. 그런데 당시의 어느 평자評者의 말에 도스토옙스키는 그 사상적 면은 볼 만한 것이 있지만 문장은 졸렬하다는 것이 있었던 것을 그냥 받아들이고, 내가 읽은 역문譯文이 결코 나쁜 문장이 아니었는데도 그렇게 여기고 말았다.

내가 다시 도스토옙스키, 아니 《죄와 벌》을 읽게 된 데는 동기가 있었다. 그들은 법과 학생들이었는데, 그 토론의 형식이 퍽 재미가 있었다. 《죄와 벌》의 주인공 라스콜리니코프를 피의자로 하고 하나는 검사, 하나는 변호인, 하나는 재판관이 되어 각기의 주장을 내세우는 그런 형식이었던 것이다.

그 토론 과정이 어떤 내용이었던가는 지금 기억 속에 없다. 다만 검사는 사형을 주장하는데 변호사는 무죄를 주장하고 있었고, 재판관은 징역 3년에 집행유예 5년을 선고했다는 기억만은 있다. 그런데 나로 하여금 그 작품을 다시 읽게 한 것은 그러한 재판 결과 재판관을 맡은 학생과 검사 역할을 맡은 학생 사이에 격론이 벌어져 드디어는 주먹다짐을 교환하는 난투극으로 번진 때문이었다.

난투극이 된 원인은 검사가 목적과 동기는 어떻게 되었건 사람을 둘이나, 그것도 가장 잔인한 수단으로 죽인 범죄자는 극형에 처해 마땅한데, 집형유예를 선고한다는 것은 법관으로서의 소질이 없는 증거라고 인신공격적인 발언을 한 데 대해서, 재판관 역할을 맡은 학생이 "너처럼 냉혈적인 동물이 법관이 되었다가는 법질서를 지킨다는 명분하에 사람을 예사로 죽일 것이니, 너야말로 법관의 소질이 없는 놈"이라고 응수한 데 있었다.

학문적인 토론을 난투극으로까지 몰고 간 그들의 태도는 결코 탐탁한 것은 아니었으나, 일단 서로를 비난하기 시작하면 주고받는 말이 상승적으로 악화돼서 그것이 감정의 폭발을 일으킨다는 실례를 보는 듯해서 하나의 교훈이 되었다.

"법률 하는 놈들은 항상 저 모양이라니까" 하고 선배는 나를 데리고 밖으로 나와버렸기 때문에 그 결과가 어떻게 되었는진 모르지만 젊음은 때로 그런 과오를 통해서 스스로를 성숙시키는 것이다.

아무튼 나는 그 사건으로 해서 《죄와 벌》을 다시 읽어야겠다고 생각하고 그런 뜻을 말했더니, 이왕이면 영역英譯이나 불역佛譯으로 읽어보는 것이 어떻겠냐는 선배의 권고가 있었다.

그때 우리들은 '환선丸善'이란 양서洋書 전문 서점에 가서 영역은 가넷 부인의 것, 불역은 NRF신프랑스 평론 판의 책을 샀다. 그러나 약간 자신이 없어 일본 책방을 들러 이와나미 문고로 된 나카무라 역의 《죄와 벌》을 사 보탰다.

일본의 지적 에너지를 생산하는 데 있어서 이와나미 문고의 공적이란 한량이 없다. 원서를 읽지 못하는 사람에게 서양의 학문과 예술을 공급하는 점에 있어서도 그렇고, 원서를 사려면 3, 4원에서부터 5, 6원이 드는 것을 이와나미 문고로 사면 20전, 40전, 60전 정도로도 족했던 것이다.

원서로 지식을 입수하는 사람은 이와나미 문고로 서양 학술에 접하는 사람들을 일러 '이와나미 문화인'이란 야유적인 명칭으로 부르는 풍조가 없지 않았지만, 세계 각국어를 골고루 마스터한 사람은 없었을 것이니 일본의 문화인은 거개가 이와나미 문화인의 범위 속에 포함된다고 해도 과언은 아닐 것이다.

뿐만 아니라 번역 또한 정평이 있는 것이었다. 아까 들먹인 나카무라의 《죄와 벌》만 해도 가넷 판, NRF 판의 번역을 능가했으면 했지 손색됨이 없는 명역인 것이다.

처음 영역을 나카무라 역을 참조해가면서 읽고 다음 불역은 영역을 참조하며 읽었다. 그러고는 나카무라 역으로 다시 한 번 통독했다. 그런 결과 나는 도스토옙스키의 문장이 졸렬하다는 모 평자의 말이 얼토당토않은 것이라고 판단했다. 가넷 역과 나카무라 역, NRF 역으로 읽은 바에 의하면 도스토옙스키의 문장은 정치하고 감동적이기까지 했다. 러시아어로서의 원문은 졸렬한데 번역을 해놓으니 이렇게 명문名文이 되는 것일까 하는 의혹이 있어 당시 내가 다니고 있는 대학에 출강하고 있던 요네가와 선생에게 말해보았더니 그는 분연한 말투로 말했다.

"도스토옙스키의 문체는 대상에 밀착해 있어 문장의 교졸巧拙을 독자가 느끼지 않을 만큼 거의 완벽하다. 소설에 있어선 그런 문장이어야 한다. 도스토옙스키의 문장을 졸렬하다고 말한 사람을 나도 알고 있지만, 그 사람은 어떤 악역惡譯을 읽고 성급한 판단을 했거나 그 사람 자체가 졸렬한 사람이거나 할 것이다."

그리고 내가 읽은 것이 나카무라 역이라고 듣자 그는 온안溫顔에 웃음을 띠고 "나카무라의 《죄와 벌》은 번역으로서는 세계의 제일품"이라고 하곤 "나카무라는 원래 너무나 세밀한 완전주의자가 돼서 거의 완벽한 번역을 하지만 그런 만큼 양이 적다. 그러니 나카무라가 못다 한 부분은 내 번역으로 읽어도 무방할 것"이라고 하고 "도스토옙스키를 공부하는 것이 문학을 배우고 인생을 배우는 가장 중요한 길이 될 것"이란 말까지 덧붙였다.

요네가와 선생의 이 말은 옳았다. 내 역량이 모자라 도스토옙스키로부터 받은 영향을 아직도 내 문학에 직접 활용할 수 없는 처지지만 나의 인생에 관한 견식은 그로 인해서 바탕이 잡혔다.

인간 속에 내재한 실존

나는 첫째 《죄와 벌》을 이해하기 위해서 라스콜리니코프를 비롯한 모든 등장인물의 얘기 줄거리에 있어서의 의미를 생각해보기로 했다. 이 작품이 탐정소설로서의 기승전결을 갖자면 우선 불필요한 인물이 너무 많이 나온다는 사실에 착목한 것이다. 우선 루진이 그렇고 스비드리가일로프가 그렇다. 마르멜라도프도 소냐도 라스콜리니코프를 직거래시킬 수가 있으니 탐정소설로 꾸미는 데 굳이 필요한 인물이 아니다.

이에서 미루어 볼 때 살인 사건은 줄거리의 중심이긴 하되 이 소설의 주제는 아닌 것이다. 주제를 발전시키기 위한 계기로서 이용되었다는 것뿐이다. 이를테면 독자는 살인 사건의 전말을 읽어나가면서 주제가 제기한 문제의 의미를 읽도록 이 작품은 그렇게 구성되어 있다. 그런 점이 소설의 기능을 모범적으로 발휘한 것이라고 할 수가 있다. 감수성과 독해력이 성숙하기 전엔 고전적인 명작을 읽어선 안 된다는 시사示唆를 여기서 볼 수도 있다.

살인 사건의 전말만 읽고 주제를 놓쳐버렸는데도 그것을 읽었다고 치고 지나쳐버릴 위험이 있기 때문이다.

《죄와 벌》의 주제는 라스콜리니코프라고 하는 인간의 연옥적煉獄的 내면을 조명해보려는 것만은 아니다. 물론 그가 중심인물이기에 주제의 중량이 대부분 그에게 걸려 있는 것이기도 하지만, 그 주제는 소설의 제목이 가리키고 있듯이 죄와 벌 사이를 방황하고 고민하고 때론 절망하면서도 광명에의 동경을 잃지 않은 인간이란 것의 실존을 제시하는 데 있다.

제목인 《죄와 벌》은 죄를 지었으니 벌을 받아야 한다는 뜻이 아니라, 죄짓지 않곤 살 수 없는 인간이라는 것, 이러한 생의 실존적인 의미에 부여된 것이 곧 《죄와 벌》인 것이다.

그럴 때 나는 이 작품을 복수複數의 인간이 등장하는 드라마로서 보기보다는 한 인간의 심상 풍경으로서 이해해보는 것이 가장 정확한 태도가 아닐까 하는 생각에 이르렀다. 그러니 이 작품이 지닌 그 음침한 분위기는 곧 우리 심상의 빛깔로 되는 것이다. 사실 우리의 내면 세계를 응시하고 있으면 별의별 동물을 발견할 수도 있다. 사자도 있고, 용이 있는가 하면, 돼지도 있고, 개도 있고, 여우도 있고, 뱀도 있고, 비둘기도 있다. 이러한 동물들과 아울러 심리의 자락엔 갖가지 관념과 욕망과 야심이 제각기 집을 지어놓고 있다.

평온할 땐 무풍의 산야처럼 조용하지만 일단 거센 바람이 불면 도끼를 휘둘러 대립되는 관념과 욕망을 죽이려는 참극이 우리 내부에서 벌어지기도 하는 것이다.

바꾸어 말하면 우리 심리의 자락엔 확실히 라스콜리니코프적인 인간이 서식하고 있다. 자기는 지배자의 입장에 서야 하고 그러기 위해선 수단 방법을 가릴 필요가 없다는 것을 역사적 재료에서 증거까지 찾아내어 합리화하려는 극단한 에고를 누구나 가지고 있는 것이다. 동시에 우리의 내부엔 라주미힌적인 인간도 있다. 라주미힌은 평균적 인간, 상식적인 인간이다. 극단한 에고가 통하지 않는다는 것을 알고, 고학생은 고학생답게 빈자는 빈자답게 살아야 한다는 처세지處世智로써 살아가는 사람이다.

라스콜리니코프적인 심성을 대개 사람들은 라주미힌적으로 무마하고 산다. 우리에겐 또한 마르멜라도프적인 심리적 경사가 있다. 마르멜라도프는 이래선 안 될 줄을 번연히 알면서도 무위와 나태에 곁들여 술독에 빠져 자멸하는 인간이다. 스비드리가일로프도 예외는 아니다. 누구나의 심리의 자락에 때론 음미淫靡하게 때론 뻔뻔스럽게 살고 있다. 악마적인 향락에의 유혹도 분명히 인간성의 한 가닥인 것이다. 물론 소냐적인 심성도 우리에겐 있다. 이 심성은 자기를 위해선 바라는 바가 없고, 가족 또는 사회를 위해서 희생하는 애타적愛他的인 현상이다.

라스콜리니코프의 '에고', 즉 강력한 개성과 소냐의 몰아沒我의 개성을 양극으로 하고, 도스토옙스키는 심리의 자락마다를 성형화시켜 인간의 내부를 페테르부르크의 거리 규모만큼 확대해 보인 것이다.

《죄와 벌》을 읽는 것이 스스로의 마음을 읽는 거나 다름이 없다는 까닭이 여기에 있다. 톨스토이에 있어서의 심리묘사는 촌탁忖度과 상상에 의해 그림을 그리듯 그려놓은 것이지만 도스토옙스키에 있어서의 심리는 그 무수한 등장인물의 자기표현으로 나타난다. 라스콜리니코프의 심리를 그리는 것이 아니라 라스콜리니코프 자체가 심리로서의 자기표현인 것이다.

라주미힌도, 스비드리가일로프도, 마르멜라도프도, 소냐도 그 예외가 아니다. 도스토옙스키의 문학이 새로운 문학의 시발점으로 된 이유가 바로 여기에 있다.

그러나 《죄와 벌》의 의미가 이런 것에만 있는 것은 아니다. 그것이 제기한 문제는 사회와 인간의 근본을 묻는 대문제와 연결되는 것이다.

라스콜리니코프의 드라마는 1860년대 러시아의 심각한 경제 사정과 작자의 궁핍을 배경으로 진행한다. 그런 때문만이 아니라, 이 작품의 근원적인 모티브는 '돈'이다. 소설 모두에 라스콜리니코프는 '가난에 쪼들려 기진맥진한 몰골'로 등장한다. 그가 최초로 나눈 대화는 고리대업 노파와의 흥정이다.

"1루블의 한 달 이자는 10코페이카, 그러니 2루블 반이면 이자는 매월 15코페이카, 그걸 선이자로서 떼겠어요."

하는 따위의 말이다.

이러한 궁박窮迫에 휘몰려 라스콜리니코프의 날카로운 두뇌는 다음과 같은 사고를 엮는다.

"교회는 기부하기로 되어 있는 노파의 돈만 있으면 훌륭한 사업을 백 가지 천 가지라도 할 수가 있다. 수백 수천의 생활을 정도正道에 돌이킬 수가 있다. 빈곤과 퇴폐와 파멸과 타락과 성병으로부터 수십 가족을 구출할 수가 있다. 그 노파의 돈만 있으면 말이다."

이러한 착상으로부터 그의 사상은 비약한다. 그는 인간을 범인凡人과 비범인非凡人으로 구분한다. 범인은 세상의 도덕과 법률에 복종할 의무만을 가지지만, 비범인은 기성 도덕을 박차고 새로운 법률을 창조할 권리를 갖는다. 그는 그의 행동으로써 역사의 새로운 기원을 만들어 인류의 복지를 위해 공헌한다. 그런 까닭으로 범인에겐 금지된 행위도 감행할 수가 있다.

그는 예로써 뉴턴을 든다. 뉴턴의 발견이 어떤 사정으로 그것을 방해하는 수백 또는 수십의 생명을 희생하지 않으면 인류에게 보람을 줄 수 없다고 판단했을 땐 뉴턴은 자기의 발견을 살리기 위해선 그들을 희생할 권리가 있다는 것이다.

그리고 대체적으로 마호메트나 나폴레옹은 새로운 율법을 만들기 위해 낡은 율법을 파괴하고, 대량 살육도 사양하지 않은 사실로써 본다면 그들을 범죄인이라고 할 수 있는 것이 아닌가. 그런데 그들은 범죄인 취급을 받고 있지 않는 것이다. 이렇게 해서 라스콜리니코프는 자기가 계획하고 있는 범죄의 합리성을 구축해나간다.

그러나 인류 사회에 대한 공헌이란 관념은 차츰 쇠퇴하고 권력의 상징으로서의 나폴레옹, '모든 행위를 감행할 수 있는 특권을 가진 사람'으로서의 나폴레옹만이 그의 상념에 군림하게 된다.

《죄와 벌》이 제시한 문제들

드디어 라스콜리니코프는 고리대 노파의 두상에 도끼를 내려친다. 이어 노파의 여동생인 리자베타까지 죽여버린다. 그러나 라스콜리니코프는 자기의 행위를 시인하는 데 있어서 아무런 논리적 오산이 없었는데도 범행한 직후부터 그의 인간성은 그의 의지와 이론과는 반대로 악몽의 늪을 헤매게 된다.

"나는 그 노파를 죽인 것이 아니라 나를 죽였다"라고 탄식하고 "나폴레옹은 청동으로 된 사람인가" 하고 중얼거린다.

드디어 범행 후 7일 만에 그의 종전의 사상에 의하면 얼마든지 무시해버릴 수 있는 범인凡人의 기관인 경찰에 자수하고 만다. 그리고 소설은 그의 인간 회복을 시사하는 대목에서 끝나는 것이다.

그런데 나는 이러한 해결을 도스토옙스키의 위대성을 증명하는 도스토옙스키적인 해결이긴 해도 일반적인 답안으로선 납득하기 어려운 것이 아닌가, 하는 의혹을 가졌다. 나 자신 살인은커녕 닭 한 마리 죽일 수 없는 심약한 성격의 소유자이긴 하지만 적어도 그런 문제를 제기한 이상, 일반론적으로도 수긍이 가는 해결이 있어야 할 것이었다.

가령 나폴레옹의 대량 살육은 왜 살인죄의 대상이 안 되고 라스콜리니코프의 범행은 살인죄의 대상이 되어야 하는가 하는 문제다. 라스콜리니코프로 하여금 사람을 범인과 비범인으로 분류하게 했듯이 도스토옙스키 자신 인간을 '청동으로 된 인간'과 '육신으로 된 인간'으로 구분하여 전자는 도외시하고 후자만을 문제로 했는지 모를 일이다. 육신으로 된 평범한 인간에 집착해서 문제를 전개했다는 것이 그의 장점이고, 기독교적인 윤리 의식을 매개로 해서 일견 안이하게 타협한 듯하면서도 충분한 설득력을 갖춘 것은 그의 작가로서의 수완이겠지만, 우리는 좀 더 깊고 넓은 해결을 그에게 기대해봄 직도 했던 것이다.

이 세상에 가난이 있는 한, 그리고 민감한 감수성과 날카로운 사고력이 있는 한 라스콜리니코프적인 인간은 근절되지 않는다. 목적과 수단을 가져야 한다는 것은 윤리의 목표이긴 하되 사회를 이끌어가는 원동력은 아니다. 이 세상 최대의 문제는 아무리 목적이 좋아도 수단이 나쁘면 안 된다고 도덕은 명령하고 있는데 목적만 달성되어놓으면 그때까지 취했던 수단이 어떤 것이었건 성화聖化되는 것이 사회의 실상인 것이다. 도스토옙스키의 라스콜리니코프는 한 사람을 죽임으로써 만인을 잘살게 할 수 있으면 그만이 아닌가 하는 윤리를 포기하고 시베리아에서 감옥살이를 하게 되지만, 그러지 않고 성공한 라스콜리니코프도 현실 사회엔 얼마라도 있는 것이다. 다음에 해럴드 래스키의 문장을 《신앙, 이성, 문명》에서 인용해본다.

> 1870~1890년대의 사람들은 록펠러가 재판관을 매수하여 입법부를 부패케 했다는 보도를 읽고 격분을 금하지 못했다. 그런데 20년 후의 오늘은 어떠한가. 그의 선전 담당의 고문인 아이비리가 과잉 이익금 수백만 달러를 교묘하게 활용한 바람에 록펠러라고 하면 인류의 은인처럼 되어 있다.
>
> 홈스테드 파업 당시의 카네기는 살인 행위를 예사로 하는 사기꾼이었고 수천의 무력한 이민 노동자를 저임금, 장시간 노동으로 착취해서 확고한 지반을 잡은 인물인데도 그 뒤 영

국 전토全土에 공공 도서관을 지어주고 빈민을 위한 장학 자금을 만들기도 해서 당대 인류의 박애주의자가 되어버렸다.

그래서 심지어 존 모레이 같은 문인, 존 번스 같은 사회주의자가 카네기 덕택으로 만년을 평온하게 지내는 것을 자랑으로 하고 있는 정도이다. 이러한 사실을 살펴볼 때 "현재 내가 알고 있는 것 같은 문명은 마땅히 망해야만 한다. 이렇게 생각하기만 해도 유쾌하기 짝이 없다"라고 한 윌리엄 모리스의 말은 자연스럽게 수긍이 되는 것이다.

문학 외적인 얘기가 되는 것이지만 도스토옙스키가 살아 있던 러시아, 특히 페테르부르크에도 이와 유사한 현상은 얼마든지 있었을 것이 아닌가. 민감한 작가가 그런 현상에 감응한 바가 없었을 까닭이 없다. 그런 점에서 나는 도스토옙스키는《죄와 벌》에서 제기한 문제를 고의로 추상적인 하나의 방향으로 처리하고 문제는 그냥 남겨둔 것이라는 생각마저 갖는다.

아무튼 라스콜리니코프는 풀리지 않는 문제로서 내 가슴속에 아직도 남아 있다. 나는 내 나름대로 이 문제를 문학적으로 해결해보고 싶은 의도를 가지고 있지만 언제 실현할 수 있을 것인지 목하 막연하다.

《죄와 벌》을 연구 분석한 문헌은 내가 아는 것만으로도 방대한 부피를 이루고 있다. 그 가운데서 가장 내 마음에 든 것은 그로스만의 연구다. 그로스만은 특히 도스토옙스키의 묘사력을 높이 평가하고 있다. 나는 그로스만의 다음과 같은 문장을 읽고 결국 문학작품을 원어로 읽어야만 되는 것이란 생각을 새롭게 했다.

《죄와 벌》에 묘사된 페테르부르크의 스케치와 그림은 날카로운 펜촉으로 수도의 갖가지 생리학적 풍속도를 19세기 중엽의 선화가線畵家 특유의 양식을 빌려 그린 듯한 느낌이었다.

그는 등장인물의 성격을 각인 고유의 말버릇으로 섬세하게 부각되게끔 묘사하고 있다. 안넨코프는 루진의 관료취官僚臭가 섞인 말, 스비드리가일로프의 약간 익살스러운, 그러면서 아무렇게나 지껄이는 말, 라주미힌의 감격조를 띤 특별한 말투 등을 정확하게 지적하고 있다. 동시에 법률가 포르피리의 세련된 수사修辭, 자기의 타락과 고민을 인상적으로 표현하기 위해 교회 슬라브어로 말을 장식하는 마르멜라도프의 말투도 지적할 수가 있다. 어휘뿐만 아니라 말의 제스처, 억양에도 인물의 개성이 스며 있어 잊을 수 없는 풍격風格을 띠고 있다.

이 소설은 또한 인물 묘사와 양식상의 전형을 포함하고 있는 동시에 수도의 중심가를 그린 도시 풍경화의 걸작이기도 하다. 악취와 먼지가 뒤범벅이 되어 있는 거리, 노동자들이 사는 거리, 목로술집을 비롯한 하급 유흥장이 가득한 거리의 분위기가 선명하게 느껴진다.

'음울하고 악취가 분분한 여름의 페테르부르크는 내 기분

에 꼭 맞습니다. 그 때문에 지금 쓰고 있는 소설과는 조금 어긋난 영감을 느낄 것 같은 기분이 듭니다.'

《죄와 벌》을 쓰고 있을 무렵 도스토옙스키는 이런 편지를 쓰고 있는데, 그 영감은 생기와 박력이 넘친 것이었다. 《죄와 벌》에 있어선 그 내면적 드라마가 독특한 방법으로 페테르부르크 거리의 잡담과 광장 속에 펼쳐지고 있다.

사건은 좁고 낮은 다락방으로부터 수도의 시끄러운 거리로 눈부시게 이동한다. 거리의 한구석에선 소냐가 자기의 몸을 희생하고 있고, 마르멜라도프는 길바닥에서 주정을 부리고, 카테리나 이바노브나는 포도鋪道에 피를 토하고, 스비드리가일로프는 소방 탑 앞에서 권총 자살을 하고, 라스콜리니코프는 센나야 광장에 엎드려 중인환시衆人環視 속에 자기의 죄를 고백한다.

고층 건물, 좁은 골목, 먼지투성이의 소공원, 석교石橋 등 복잡한 구조를 가진 19세기 중엽의 대도시가 무한한 권력과 절대 지성의 가능을 꿈꾸는 사나이를 위압하듯 엄연한 위용으로 다가선다. 페테르부르크는 라스콜리니코프의 드라마와 분리될 수가 없다. 그것은 한 필의 직물과도 같은데 그 직물엔 그의 날카로운 변증법이 무늬를 새기고 있다.

그리고 유명한 건축가, 조각가의 작품인 대도시는 그 엄연한 위용을 과시하여, 치한·소녀·강간자·창부·고리대·탐정·폐병·성병·살인자·광견 등이 붐비고 있는 생활의 포말泡沫 위에 그 장대한 파노라마를 펼치고 있는 것이다.

내면적인 구상이 이처럼 복잡한데도 불구하고 이야기의 기조가 완전히 통일되어 있는 점은 놀랄 만한 일이다. 그것은 흡사 개개의 장면과 인물의 모든 억양과 뉘앙스, 즉 소냐, 스비드리가일로프, 라스콜리니코프, 마르멜라도프, 고리대 노파 등, 이처럼 잡다한 모티브를 골고루 흡수하고 그것을 하나로 용합하여 부절不絕히 지배적인 주제로 되돌아오게 함으로써 이 소설은 당시 페테르부르크의 흐느낌과 통곡이 엮는 중선율重旋律을 라스콜리니코프의 비극이란 중심적 선율에 통일하는 일대 심포니적인 효과를 거두고 있는 것이다.

그로스만은 《죄와 벌》의 에필로그는 장엄함과 심원함에 가득 차 있다면서 다음과 같이 서술하고 있다.

라스콜리니코프는 그의 도덕적 파멸에 직면하여 그 거인적 개인주의가 인간일고人間一般의 생활의 단순한 법칙 앞에 허망하게 붕괴된다는 것을 느낀다. 그는 유형수들과의 노동과 고통 속에서 자기가 천재로서의 호칭과 권력자의 역할을 바랐던 것이 얼마나 터무니없는 일이었던가도 깨닫는다. 그리고 그는 사람들에게 범한 그의 죄를 인정하고 사람다운 사람이 되고자 자기중심적인 철학을 포기하기에 이른다.

불타는 기와집에 뛰어들어 두 아이를 구한 적이 있는 이 가난한 학생은 선善과 이타주의의 높은 뜻에 눈을 뜨고 자기의 운명을 인간의 복지를 위해서 바칠 각오를 하는 새로운 인간의 탄생을 실감한다.

이렇게 해서 인공적인 사이비 사상은 겸손한 인간적인 감정에 굴복하고 사랑이 그를 소생시켜 한 사람의 마음이 또 한 사람의 마음에 대해서 무한한 생명원이 되었다(《죄와벌》의 에필로그 제2장).

좌절한 투사는 추상적인 성서의 말에 의해서가 아니라, 헌신적인 여자의 생명의 입김과 정열의 힘에 의해 구제를 받는 것이다.

관통棺桶과 같은 페테르부르크의 숨이 막힐 듯한 좁은 방에서 시작된 사상극思想劇은 광막한 러시아의 초원을 만만한 수량水量으로 흐르는 일루이시 강의 강변에서 끝을 맺는다. 고뇌에 의해 정화되고 그 마음에 양식과 빛과 의지와 힘의 왕국을 받아들이기로 한 신생 라스콜리니코프의 이 드라마는 인생의 전락과 재생을 그린 가장 위대한 문학이다.

"그러나 거긴 이미 새로운 얘기가 시작되어 있다. 그것은 능히 새로운 얘기의 주제가 될 것이다. 그러나 이 얘기는 여기서 끝난다."

도스토옙스키는 《죄와 벌》의 말미에 이렇게 적고 있는데, 그러나 그는 그 새로운 얘기를 쓰지 않고 말았다. 아니, 쓰려고 몇 번이나 시도했지만 끝내 성공하지 못했다.

라스콜리니코프의 드라마가 그의 작품으로선 끝났지만 인생의 문제로서, 또는 사회의 문제로선 끝날 수가 없다는 의미로서 나는 그 사실을 받아들인다.

글을 쓴다는 것

사르트르의 자서전 《말》의 마지막 부분에 다음과 같은 구절이 있다.

> 나는 나의 펜을 오랫동안 칼인 양 생각해왔다. 이제 와서 나는 우리의 무력함을 알았다. 그래도 좋다. 나는 지금도 책을 쓰고 앞으로도 책을 쓸 것이다.
>
> 그건 필요한 노릇이기도 하고 유용하기도 하다. 교양은 아무것도 누구도 구하지 못하고 정당화하지 못한다. 그러나 그건 사람이 만들어낸 것이다. 인간은 거기에 투기投企하고 거기서 자기를 인식한다. 이 비판적 거울만이 인간에게 그 모습을 조명해 보인다.

일세를 풍미한 대사상가의 말이라고 들을 때 감동이 새롭다.

펜은 결코 칼일 수 없고, 칼일 수 없는 그 점으로서 펜이 귀하기도 한 것이다. 칼은 지구의 판도를 이리저리 변경한 일은 있어도 인간에게 인간을 알리는 작용을 하지 못했다. 펜은 무력했지만 문화를 기록했다.

문화의 기록이 곧 문화인 것이며 문화란 궁극적으로 인간의 인간화라고 할 수 있을 때 무력한 펜이 강력한 칼을 압도한다고도 볼 수가 있다.

그러나 사르트르가 느낀 무력함은 솔직한 감각이다. 오늘날 글을 쓰는 사람처럼 무력한 존재는 없으리란 생각이 든다. 사상은 원래 고독한 것이고 무원한 것이다. 사르트르는 그의 체제 비판이 그만한 설득력을 갖추고 있음에도 보람이 없음을 본 좌절감으로서 그런 탄식을 했는지 몰라도 고금동서 사상가의 사상이 주효한 일은 없었다.

사상이 보람을 갖자면 당파의 사상으로 집약되어야만 한다. 그렇게 되지 못하는 한 사상은 언제나 고립무원했다. 그런데 당파의 사상이 되었을 때, 사상은 이미 사상의 생명이라고 할 수 있는 진실성과 탄력을 잃고 법률로 경화해버리거나 공소한 선전 구호가 되고 만다.

그런 상황에서 다시 사상이 배태되고 그 사상은 고립한 채 무원한 채 그 비애를 노래해야 하는 운명의 길을 간다. 그러니까 글을 쓰는 사람은 선택의 기로에서 야무지게 각오를 배워야 하는 것이다.

2,070여 년 전 사마천은 남근을 잘린 남자의 몰골로서 20년의 세월을 들여 《사기》 130권을 저술했다. 그땐 편리한 전등도 만년필도 종이도 없었다. 어두운 호롱불 밑에 단좌하여 대를 쪼개 엷게 다듬은 죽간竹簡에다 모필로 한 자씩 한 자씩 새겨 넣듯 써야만 했다. 그런 식으로 사마천은 《사기》 10권을 2부 만들어 1부는 궁중에 헌납하고 1부는 태산에 수장했다.

오늘날 우리가 손쉽게 입수해서 읽을 수 있는 《사기》는 그 2부 가운데의 하나가 연연 2,000년을 살아남아 활자가 된 것이다.

죽간에 한 자씩 새겨 넣고 있는 사마천의 모습을 상상하고 그 심중을 추측하면 실로 처절하다고도 할 수 있는 기록자의 태도와 각오에 부딪힌다. 현실의 독자와는 상관도 않고 아득한 후대의 독자를 대상으로 심혈을 기울인 그 각오와 노력은 인간을 넘는 박력이라고 아니할 수 없다. 나는 《사기》의 역사적 또는 문화적 가치 이상으로 그 태도와 각오에 경복하고 도도한 활자의 대해에 표랑하고 있는 지경이면서도 글을 쓰는 태도와 그 각오에 있어서 사마천을 배워야 한다고 생각한다. 생각하면 오늘날 우리는 너무나 쉽게 글을 쓰고 있는 것이다.

각오에 있어선 사마천을 배우고 방법과 정신에 있어선 사르트르를 배운다는 것은 말처럼 쉬운 노릇은 아니다.

그러나 글을 쓰는 행위에 있자면, 아니 문학이 가능하자면 그러한 각오와 정신을 피해 갈 수는 없다. 고립무원한 사상의 부절한 자문자답과 순교의 각오 없이 글을 쓴다는 것이 과연 가능한 일인지. 심야深夜는 이러한 설문을 위해서 있는 시간이다.

벙어리 노릇을 가장하고 구걸하는 거지의 꼴을 혐오할 줄 알면 글을 쓰는 척해가지고 구걸하는 꼴이 어떤 것인지를 알 만하지 않은가.

문학의 고갈

나는 이 각박한 정신의 풍토를 문학의 고갈에 그 원인이 있는 것이라고 풀이한다. 풍요하고 현란하며 깊고 넓은 문학의 개개가 사회의 각 영역 각 계층을 관류할 때, 정신은 옥야沃野를 이룬다. 그 옥야에선 정쟁政爭이 축제가 되고 권력에서의 탈락자는 자기 자신을 되찾았다는 안도감을 갖는다. 검사의 논고에 인생의 슬픔이 설레고 판사의 판결은 사람의 통곡이 된다. 그런데 현실은 이렇지를 못하다. 각박한 정신 풍토라고 말하는 소이所以다.

문학이 고갈하고 있다면 반론이 있을지 모른다. 신문에 나타나는 문학 서적 또는 전집의 광고를 보기로 들고 빈곤이라면 몰라도 고갈이란 말은 심하지 않느냐고. 그렇다면 우리의 주변을 살펴보자. 문학서를 손에 든 사람을 보기란 힘들다. 전문가 서클에 속한 사람들을 제외하고 문학이 화제에 오른 것을 나는 경시한 바가 없다. 문학서의 경우 2,000부가 팔리면 고작이란 것이며, 두세 개밖에 없는 문예지의 간행 부수는 1만 부 내외에서 답보하고 있다는 것이니 인구 4,000만으로 치고 문학 인구는 기껏 그 4,000분의 1이 될락 말락 하다는 얘기다.

4,000명에 하나의 문학 인구면 4,000명 토지를 관개하는 물이 한 섬꼴밖엔 안 된다는 비유가 성립한다. 이런 정도면 거의 완전 고갈이다. 문학이 그런 상태라고 해서 무슨 걱정이냐고 할 사람들도 있다. 문학은 고갈해도 탄약만 고갈하지 않으면 국방할 수 있고 경제가 고갈하지 않으면 육체의 생리는 유지된다. 게다가 실용적 지식과 입신출세 수단으로서의 학문만 있으면 사회의 체모는 선다. 이처럼 그들의 반론은 상식의 철벽을 갖추고 있다.

그러나 우리는 정치 기술만을 가지고 조작되는 정치사회, 경제 기술만을 가지고 조작되는 경제사회가 어떤 것인지를 알고 있다. 보다도 인간이 부재한 학문에서 배운 비정의 지식만이 작용하고 있는 사회가 어떤 것인지를 알고 있다. 인간이 인간 이외의 그 무엇 때문에 광분한 나머지 드디어 인간을 상실하고 그 형해만이 횡행하고 있는 상황은 슬프다.

나는 정치적 지식의 인간화를 위해서, 경제적 지식의 인간화를 위해서, 법률적 지식의 인간화를 위해서 괴테의 문학이, 도스토옙스키의 문학이, 김동리의 문학이, 안수길의 문학이, 최인훈·이호철·남정현 등의 문학이 좀 더 깊게 넓게 많은 국민에게 침투되었으면 한다.

오늘날 우리나라의 문학이 일견 조출해 보여도 문학이 아니고서는 감당할 수 없는 인간의 기록, 인간의 진리를 담고, 어떤 정치 연설, 어떤 통계 숫자, 어떤 판결 이유보다도 짙은 밀도와 호소력을 지니고 있다. 우리 생활의 인간화를 위해선 문학 청년적 감상마저 아쉬운 계절인 것이다. 문학은 인생이 얼마나 존귀한가를 외우고 외치는 작업이다. 지구 위에 사십 수억 종의 인생이 있다는 것, 그 하나하나가 모두 안타까울 만큼 아름답다는 인식이며 표현이다.

인생으로서의 승리가 아니면 어떤 승리이건 허망하다는 교훈이며, 진실한 사랑과 관용을 가르치는 지혜이기도 하다. 이러한 지혜의 원천을 고갈시켜놓고 앞으로 민족의 정신을 어떻게 할 것인지 망연한 일이 아닌가.

이러한 사태에 대해서 제일차적으로 책임을 느껴야 할 사람은 물론 문학자 자신이다. 문학에 인구를 흡수하지 못한 것은 문학자의 정열과 기능이 부족한 탓이다. 또 신문학 이후의 사태에 있어서 문학자가 정신 지도의 주류에 서지 못했다는 사실에도 반성이 있어야 한다.

정치인과 경제인이 수출 진흥을 외치고 있는 이때, 문학자는 문예 진흥을 외치고 실천해야겠다. 진지하게 지모智謀를 모으면 방법은 얼마라도 있을 것이다. 그리고 거센 진흥의 바람에 잠자는 천재가 잠을 깰지도 모른다. 정치인과 경제인도 응당

이 운동엔 전적인 협조가 있어야 한다. 정치와 경제의 궁극의 목적은 문화 육성에 있다. 문학은 문화를 집약적으로 대표하는 것이니까.

내 작품 속의 여인상

원한이 생의 바탕이 되어

'사라 안젤'은 오랫동안 나의 꿈에서 가꾼 여자이다. 사라 안젤의 이미지를 살리기 위해 나는 〈소설·알렉산드리아〉를 썼다고 해도 과언이 아니다.

세상엔 가슴속 깊이 원한을 품고, 그 품은 원한이 생의 바탕이 되어 있는 그런 여자가 적지 않으리라고 생각한다.

그러나 모두들 원한을 잊고 산다. 적당하게 타협하므로 드디어는 스스로의 개성을 죽인 채 시들어버리는 여자가 얼마나 많을까.

사라 안젤은 그런 뜻에서 예외의 여성이다. 그는 그의 원한을 통해서 사랑을 얻을 수 있었으며, 또한 원한을 통해서 삶의 보람을 다할 수 있었다.

원한이란 생각하기에 따라선 인간 생득生得의 감정이다. 그리스도교는 원리로서 인생의 바탕을 설명하고 있지만, 나는 원리 대신 원한으로서 인생의 실상을 파악할 수 있으리라고 생각한다.

이를테면 〈소설·알렉산드리아〉는 원한에 사무친 사람들의 드라마인데, 사라 안젤은 그 자질에 있어서 손색이 없는 히로인인 것이다.

원한이 없는 인생이 있을까. 도대체 원한을 갖지 않는 여인이 있을까. 역사가 원한을 만들기도 하고, 우연히 원한을 만들기도 하지만, 우리가 이 세상에 태어난 그 자체가 원한의 씨앗을 뿌린 것이라고 생각할 때, 사라 안젤의 상징적 의미는 더욱 뚜렷하리라고 믿는다. 어떤 의미로든 사라 안젤은 나의 작중인물의 역할을 넘어 나의 영원한 애인이라고 할 수밖에 없다.

인종忍從과 사랑에의 갈등

〈마술사〉의 '인레'는 존경과 사랑이 각각 다른 대상을 이루었을 때 빚어진 여인 심리의 분열을 체현하는 하나의 여인상이다. 한편에 인종에의 습성이 있고, 한편에 사랑에의 폭발이 있다. '크란파니'는 존경을 받을 만한 인물이고, '송인규'는 사랑을 받을 만한 인물이다. 이 두 인물 사이에 끼어 인레는 몸부림친다. 그런 뜻에서 인레 역시 상징적인 여인상이다.

랑궁 부두에서의 다음의 장면을 인용해본다.

홍콩으로 가는 배를 타야 할 그날의 아침, 인레는 돌연 마음의 평정을 잃었다. ……부두까지 갔을 때 인레는 울음을 터뜨려버렸다.

"난 버마를 떠나지 못하겠습니다. 크란파니를 그냥 두고 갈 수가 없습니다. ……크란파니의 발을 씻고 한평생을 지내도 좋습니다. 노예로서 지내도 좋습니다. 그러나 난 당신을 사랑합니다. 떠나지 맙시다. 이곳에서 삽시다. …… 사랑해요. 당신을 사랑해요. 그러나 나는 크란파니를 두고 떠날 순 없습니다."

나는 이 소설을 쓸 때,《폭풍의 언덕》의 '캐서린'을 연상하진 않았다. 그러나 뒤에 인레와 캐서린 사이에 이러한 공통점을 발견했다. 두 여인이 똑같이 두 남성을 사모하는 마음의 심연深淵을 가지고 있는 것이다. '존경'이라고도 하고, '사랑'이라고도 하지만, 사모하는 마음의 빛깔은 달라도 그 깊이는 똑같이 깊다. 이 심연으로 해서 여자는 성녀聖女이면서 동시에 악마일 수가 있는 것이다. 〈마술사〉는 짧은 작품이기 때문에 인레의 마음을 암시하는 데 그치고 그 마성魔性에까진 이르지 못했지만, 여성으로서 업業은 충분히 시사되었으리라고 믿는다. 인레 또한 나의 영원한 애인이다.

굳건한 사랑의 의지

《주간 여성》에 연재한 《언제나 그 은하를》이란 작품이 있다. 주간지에 실린 소설이라고 해서 나는 결코 소홀히 쓴 것은 아니다. 그 속에서 나는 '하인회'를 창조했다. 6·25의 상흔을 몸에 지닌, 다시 말하면 그 동란에 아버지를 잃은 아름다운 처녀의 이야기를 꾸민 것이다.

자존심이 강하고 민감한 처녀가 행복을 찾아 방황하는 마음을 엮은 것인데, 나는 끝내 하인회를 아버지 없는 딸로 만들지 못하고, 뜻하지 않은 유산이 굴러들게 함으로써 아버지의 존재를 강조하고 말았다. 그런 것 없이 하인회가 행복을 찾을 수 있게 해야만 소설의 본도本道가 닦아지는 것이란 사실을 모르는 바는 아니다. 그러나 나는 하인회의 행복을 성급하게 바라는 나머지 세속적인 수단을 도입한 것이다.

하지만 '유산'이란 것을 세속적으로만 생각할 것은 아니다. 구체적인 재물로서의 유산도 있고 눈에 보이지 않는 사랑의 의지로서의 유산도 있다. 하나의 딸을 두고 6·25 동란에 숨진 아버지의 그 사랑의 의지는 금전으로 환산하면 거창한 광산으로도 될 수 있을 것이란 암유暗喩가 있기도 하다.

사랑 이상으로 큰 유산이란 없지 않은가. 지금 존재하지 않는다고 해서 아버지의 사랑이 없는 것이라곤 말할 수 없는 것이 아닌가. 그러한 정성을 나는 하인회에게, 또는 하인회와 비슷한 운명의 여인에게 전달해보고 싶었던 것이다.

소설을 쓴 지 어언 10여 년, 그동안 장편만으로도 10여 편이 되고, 단편은 20여 편이 넘었다. 그리고 그 소설마다에 여인이 등장한다. 그런데 나의 여주인공은 하나같이 실재 인물을 모델로 한 것은 없다. 이루지 못한 나의 사랑의 대상을 내 나름대로 꾸며본 것이 거의 전부이다. 그 가운데 하나의 예외는《관부연락선》의 '서경애'이다. 애인으로서도, 지식인으로서도 존경할 만하고, 사랑할 만한 이 여인은 작중에선 행방불명이 된 것으로 되어 있으나 행복한 결혼을 하고 지금 대구에서 살고 있다.

청춘 시절의 그 방황과 고민과 좌절이 지금 초로初老가 되어 있을 그 여인의 두뇌와 가슴속에 어떠한 슬기로서 결정結晶되어 있을 것인지 궁금하기 짝이 없다. 그렇지만 서경애의 지금의 평온을 깨뜨리지 않기 위해선 찾지도 말고 묻지도 말아야 할 것이다.

내가 만든 소설 속의 여인들을 나는 가끔 생각할 때가 있다. 그리고 쓸쓸해하기도 하고, 흐뭇해하기도 한다. 내게 있어서 그들은 모두 실재 이상의 실재 인물인 것이다. 가끔 그들을 상대로 편지를 쓰고 싶은 충동을 느낄 때마저 있다.

1921　3월 16일 경남 하동군 북천면에서 아버지 이세식과 어머니 김수조 사이에서 태어남.

1933　양보공립보통학교 13회 졸업.

1940　진주공립농업학교 27회 졸업.

1943　일본 메이지 대학 전문부 문예과 졸업.

1944　와세다 대학 불문과에 재학 중 학병으로 동원되어 중국 쑤저우蘇州에서 지냄.

1948　진주농과대학과 해인대학(현 경남대학)에서 영어, 불어, 철학을 강의.

1954　문단에 등단하기 전 《부산일보》에 소설 《내일 없는 그날》 연재.

1955　《국제신보》에 입사, 편집국장 및 주필로 언론계에서 활동.

1961　5·16 때 필화사건으로 혁명재판소에서 10년 선고를 받고 복역 중 2년 7개월 후에 출감. 한국외국어대학, 이화여자대학 강사를 역임.

1965　중편 〈소설 · 알렉산드리아〉를 《세대》에 발표함으로써 문단에 등단.

1966　〈매화나무의 인과〉를 《신동아》에 발표.

1968　〈마술사〉를 《현대문학》에 발표. 《관부연락선》을 《월간중

앙》에 연재(1968. 4.~1970. 3.), 작품집 《마술사》(아폴로사) 간행.

1969 〈쥘부채〉를 《세대》에, 〈배신의 강〉을 《부산일보》에 발표.

1970 《망향》을 《새농민》에 연재, 장편 《여인의 백야》(문음사) 간행.

1971 〈패자의 관〉(《정경연구》) 등 중단편을 발표하는 한편, 《화원의 사상》을 《국제신보》, 《언제나 은하를》을 《주간여성》에 연재.

1972 단편 〈변명〉을 《문학사상》에, 중편 〈예낭풍물지〉를 《세대》에, 〈목격자〉를 《신동아》에 발표. 장편 《지리산》을 《세대》에 연재. 장편 《관부연락선》(신구문화사) 간행. 영문판 〈예낭풍물지〉, 장편 《망각의 화원》 간행.

1973 수필집 《백지의 유혹》(강남출판사) 간행.

1974 중편 〈겨울밤〉을 《문학사상》에, 〈낙엽〉을 《한국문학》에 발표. 작품집 《예낭풍물지》 영문판(세대사) 간행.

1976 중편 〈여사록〉을 《현대문학》에, 단편 〈철학적 살인〉과 중편 〈망명의 늪〉을 《한국문학》에 발표, 창작집 《철학적 살인》(한국문학), 《망명의 늪》(서음출판사) 간행.

1977 중편 〈낙엽〉과 〈망명의 늪〉으로 한국문학작가상과 한국창작문학상 수상, 창작집 《삐에로와 국화》(일신서적공사), 수필집 《성—그 빛과 그늘》(서울물결사), 《바람과 구름과 비》(동아일보사) 간행.

1978 중편 〈계절은 그때 끝났다〉, 단편 〈추풍사〉를 《한국문학》에 발표. 《바람과 구름과 비》를 《조선일보》에 연재, 창작집 《낙엽》(태창문화사) 간행, 장편 《망향》(경미문화사), 《허상과 장미》(범우사), 《조선일보》에 연재되었던 《미와 진실의 그림자》(대광출판사), 《바람과 구름과 비》(물결출판사) 간행. 수필집 《사랑받는 이브의 초상》(문학예술사), 《허상과 장미》(범우사), 칼럼 《1979년》(세운문화사) 간행.

1979 장편 《황백의 문》을 《신동아》에 연재, 장편 《여인의 백야》(문음사), 《배신의 강》(범우사), 《허망과 진실》(기린원) 간행, 수필집 《사랑을 위한 독백》(회현사), 《바람소리, 발소리, 목소리》(한진출판사) 간행.

1980 중편 〈세우지 않은 비명〉, 단편 〈8월의 사상〉을 《한국문학》에 발표. 작품집 《서울의 천국》(태창문화사), 소설 《코스모스 시첩》(어문각), 《행복어사전》(문학사상사) 간행.

1981 단편 〈피려다 만 꽃〉을 《소설문학》에, 중편 〈거년의 곡〉을 《월간조선》에, 중편 〈허망의 정열〉을 《한국문학》에 발표. 장편 《풍설》(문음사), 《서울 버마재비》(집현전), 《당신의 성좌》(주우) 간행.

1982 단편 〈빈영출〉을 《현대문학》에 발표. 《그해 5월》을 《신동아》에 연재. 작품집 《허망의 정열》(문예출판사), 장편 《무지개 연구》(두레출판사), 《미완의 극》(소설문학사), 《공산주의의 허상과 실상》(신기원사), 수필집 《나 모두 용서하리라》

(대덕인쇄사), 《용서합시다》(집현전), 소설 《역성의 풍·화산의 월》(신기원사), 《행복어사전》(문학사상사), 《현대를 살기 위한 사색》(정음사), 《강변 이야기》(국문) 간행.

1983 중편 〈그 테러리스트를 위한 만사〉를 《한국문학》에, 〈소설 이용구〉와 〈우아한 집념〉을 《문학사상》에, 〈박사상회〉를 《현대문학》에 발표, 작품집 《그 테러리스트를 위한 만사》(홍성사), 고백록 《자아와 세계의 만남》(기린원), 《황백의 문》(동아일보사) 간행.

1984 장편 《비창》을 문예출판사에서 간행, 한국펜문학상 수상, 장편 《그해 5월》(기린원), 《황혼》(기린원), 《여로의 끝》(창작문예사) 간행. 《주간조선》에 연재되었던 역사 기행 《길 따라 발 따라》(행림출판사), 번역집 《불모지대》(신원문화사) 간행.

1985 장편 《니르바나의 꽃》을 《문학사상》에 연재, 장편 《강물이 내 가슴을 쳐도》와 《꽃의 이름을 물었더니》, 《무지개 사냥》(심지출판사), 《샘》(청한), 수필집 《생각을 가다듬고》(정암), 《지리산》(기린원), 《지오콘다의 미소》(신기원사), 《청사에 얽힌 홍사》(원음사), 《악녀를 위하여》(창작예술사), 《산하》(동아일보사), 《무지개 사냥》(문지사) 간행.

1986 〈그들의 향연〉과 〈산무덤〉을 《한국문학》에, 〈어느 익일〉을 《동서문학》에 발표, 《사상의 빛과 그늘》(신기원사) 간행.

1987 장편 《소설 일본제국》(문학생활사), 《운명의 덫》(문예출판사), 《니르바나의 꽃》(행림출판사), 《남과 여 —에로스 문화

사》(원음사), 《남로당》(청계), 《소설 장자》(문학사상사), 《박사상회》(이조출판사), 《허와 실의 인간학》(중앙문화사) 간행.

1988 《유성의 부》(서당) 간행, 대하소설 《그해 5월》을 《신동아》에, 역사소설 《허균》을 《사담》에, 《그를 버린 여인》을 《매일경제신문》에, 문화적 자서전 《잃어버린 시간을 위한 메모》를 《문학정신》에 연재, 《행복한 이브의 초상》(원음사), 《산을 생각한다》(서당), 《황금의 탑》(기린원) 간행.

1989 《민족과 문학》에 《별이 차가운 밤이면》 연재. 장편 《허균》, 《포은 정몽주》, 《유성의 부》(서당), 장편 《내일 없는 그날》(문이당) 간행.

1990 장편 《그를 버린 여인》(서당) 간행, 《꽃이 된 여인의 그늘에서》(서당), 《그대를 위한 종소리》(서당) 간행.

1991 인물 평전 《대통령들의 초상》(서당), 《달빛 서울》(민족과문학사) 간행, 《삼국지》(금호서관) 간행.

1992 《세우지 않은 비명》(서당) 간행. 4월 3일 오후 4시 지병으로 타계. 향년 72세.

1993 《소설 정도전》(큰산), 《타인의 숲》(지성과사상) 간행.

김윤식

서울대학교 국어국문학과와 동 대학원을 졸업했고 1962년 《현대문학》에 〈문학사방법론 서설〉이 추천되어 문단에 발을 들여놓았다. 한국 근대문학에서 근대성의 의미를 실증주의 연구 방법으로 밝히는 데 주력했으며 1920~1930년대의 근대문학과 프롤레타리아문학이 가지는 근대성의 의미를 밝히고자 했다. 1973년 김현과 함께 펴낸 《한국문학사》에서는 기존의 문학사와는 달리 근대문학의 기점을 영·정조 시대까지 소급해 상정함으로써 뜨거운 논쟁을 불러일으키기도 했다. 현대문학신인상, 한국문학작가상, 대한민국문학상, 김환태평론문학상, 팔봉비평문학상, 요산문학상 등을 수상했으며 저서로 《문학사방법론 서설》, 《한국문학사 논고》, 《한국 근대문예비평사 연구》, 《황홀경의 사상》, 《우리 소설을 위한 변명》, 《한국 현대문학비평사론》 등이 있다.

김종회

경희대학교 국어국문학과와 동 대학원을 졸업했고 1988년 《문학사상》을 통해 평단에 나왔다. 김환태평론문학상, 한국문학평론가협회상, 시와시학상, 경희문학상을 수상했으며 2008년에는 평론집 《문학과 예술혼》, 《디아스포라를 넘어서》로 유심작품상, 편운문학상, 김달진문학상을 수상했다. 특히 《디아스포라를 넘어서》는 남북한 문학 및 해외 동포 문학의 의미와 범주, 종교와 문학의 경계, 한국 근대문학의 경계 개념을 함께 분석한 평론집으로 평가받고 있다. 저서로 《한국소설의 낙원의식 연구》, 《위기의 시대와 문학》, 《문학과 전환기의 시대정신》, 《문학의 숲과 나무》, 《문화통합의 시대와 문학》 등이 있으며 엮은 책으로 《북한 문학의 이해》, 《한민족 문화권의 문학》, 《한국 현대문학 100년 대표 소설 100선 연구》, 《문학과 사회》 등이 있다.